홀로, 그리고 함께

홀로, 그리고 함께

글·그림 권영순

독서 3F oil on canvas 2024

오랜 습관 때문인지
지금도 책 읽는 시간이 가장 좋다.
어느 날 큰아들이 집에 와서
아침 먹고 출근하려다가 찍어 준
흑백 사진이 그림이 되었다.

괜찮을 줄 알았다.

남편 아오스딩과 함께한 세월도 40여 년.

돌아가시기 전 파킨슨과 고관절 수술로 일상생활이 힘들었던 그 3년 여의 시간을 서로 걱정해 주고 작은 종을 흔들면 내가 곧 달려가 돌보며 '함께와 감사'의 나날을 보냈다. 그리고 든든한 두 아들 부부와 손녀 손자가 우리 곁에서 함께해 주었다.

2023년 1월, 아오스딩은 평온하게 떠나가셨고 우리는 보내드렸다. 함께했던 이 공간에 찾아온 그리움과 홀로의 시간을 받아들이고 익숙해지기까지, 세 번의 봄이 오고가야 했다. 그렇게 조용히 홀로 지내지만 함께한 감사의 날들이 어느새 글과 그림이 되었다.

집 안 곳곳에 배어 있는 함께했던 흔적들, 지금 가까이 있는 인연들과의 함께 거닐음, 고향에서 형제 자매들, 제부들과의 풍성함이 모든 함께함이 서서히 나를 충전시키는 감사의 노래였다. 현관에서 나도 모르게 "다녀왔습니다."는 누구에게 하는 걸까? "어서 와." 하며 반기시는 분은? 사실은 집에 있든지 어디에 가든지 함께 거닐음이 아닐까?

매일 새벽 전날을 되돌아보며 기록하는 시간 또한 함께하는 감사의 시간이다. 이렇게 하루하루 일기 노트는 쌓여 갔다.

　2025년 봄 어느 날, 제자 미영이가 왔다. 일기노트 몇 권을 주며 "타이핑해 줄래?" 하니 "네." 하고 기쁘게 받아 준다. 그 후 후배 충미 씨가 하루하루 나를 달래며 볼펜으로 흘려 쓴 기록을 타이핑해 A4용지 다발로 갖다 준다. 이렇게 '홀로, 그리고 함께'함이 또 한 권의 책이 되어 따뜻한 만남을 이어가게 하고 삶의 힘이 되어줌에 감사할 뿐이다.

차례

2. 책, 피아노, 그림 · 93~160

3. 되돌아봄 · 161~202

영종집 뒤란에서 우리 부부 12F oil on canvas 2010

1

함께 그리고 홀로

물건 나눔 2023.1.16.

> 늙어서 지혜로워지고 자신과 평화롭게 살며 주위 사람들에게 밝은 빛을 선사하는 노인을 보면, 우리는 그가 가족과 다른 사람들, 이 세상을 위한 축복이라고 말하곤 한다.(안셀름 그륀,《황혼의 미학》, 187쪽)

정환이가 와서 아침을 함께 먹는다. 아빠에게 필요했던 물건들, 기저귀, 매트를 어떻게 할까 얘기한다. 꺼내 와 핸드폰으로 사진을 찍는다. 당근마켓에 올리면 필요한 분들이 연락할 것이란다. "금방 기저귀가 팔렸어. 만원에."

'루멘 사진관'으로 가지고 가 전달한다. 조금 지나니 또 다른 분이 와서 매트도 가져간다. 우리에게 꼭 필요했지만 더 이상 사용하지 않는 물건들이 누군가에게 꼭 필요한 것이 되는구나. 어디 물건들뿐일까? '나눔'에 대해 생각하게 된다.

저녁에 정환이 부부가 밝은 표정으로 들어온다. 즉석 저녁 준비다. 맛있게 먹고 설거지하는 모습이 아름답다. 이 또한 가장 큰 아빠의 선물이다.

호접란 2023.1.18.

친구 용순이가 3주 만에 화실에 왔다. 레슨 끝나고 나와서 서로 의지하며 걷는다. 80 가까운 노인이 혼자 걷기에는 무리다. 그런데도 매주 용인 수지에서 일산으로 그림 그리러 오는 친구의 용기가 대단하다. 자녀들도 걱정하고 본인도 아득히 멀게 느껴질 텐데.

버스 91번을 태워 보내고 나는 천천히 걸어 한의원으로 간다. 3일째다. 효력이 있는 듯 없는 듯하지만 며칠 더 계속 치료할 생각이다. 무언가 노력을 하고 있다는 느낌 때문에!

큰애가 네 그루의 호접란이 담긴 판을 들고 들어온다. 사돈이 보낸 것이다. 거실 분위기가 환해진다. 매일 물을 뿌려 주며 변화를 느끼고 대화할 친구가 생긴 것이다. 내가 선택하지 않아도 이렇게 나의 공간에 들어온 인연에 감사하며 함께 지낼 것이다.

제자 상미가 보내온 수제햄 세트를 연다. 서로를 기억하며 마음을 전하는 인연이 있음에 감사한다. 누구와 나눌까? "내일 아침 메뉴는 햄 구이야." 아들이 가까이 있어 고맙다. 최고의 선물이다.

사랑의 역할 2023.1.19.

재이, 지완이가 그 위에서 놀도록 깔아 놓은 두툼한 옛날 전기 매트에 눕는다. 전기를 넣으니 따듯하다.

에마뉘엘 수녀님의 《산다는 것은 무엇인가》(박종구 신부 옮김)를 읽는다. '사랑의 몸짓' 부분의 글이다. "우리를 사랑하시면서 그분은 우리를 인간조건에서 빼내지 않으시고 그분께서 인간조건을 가지고 오신 것이다." '하느님 방식으로 사랑한다'는 것은 내 방식이 아니라 '이웃이 원하는 방식'으로 사랑하는 것이다. 이런 작은 '사랑의 불씨'가 세상의 희망이다.

책의 내용이 어렵다. 졸음이 온다. 잠에 빠져든다. 깨어보니 낮 12시 20분. 아침에 정환이가 남긴 밥에 야채를 넣어 비벼 먹는다. 맛있다. 내 책 두 권을 가방에 넣고 나선다. 거의 3년 만에 '그림이야기' 화실로 향하는 길을 걷는다.

오래 전 영숙 씨와 산책하다 "화실이네." 하며 2층으로 올라간 것이 인연이 되었다. 내 그림 몇 점 전시하고 출판된 두 책 나누고 내 진달래 그림이 실린 작은 시집도 받았다. 이재연 샘을 만나 이야기 나눈다. 세 자매가 그림과 출판으로 열심히 사는 모습이 아름답다. 문예지원을 받아 출판된 작은 책 《안아 봄》과 《다시, 안아 봄》을 준다. 특이한 제목과 내용이 궁금하다. '율동호' 근처 새로 생긴 갤러리를 다음 주 수요일 가 보기로 하고 한의원으로 향한다. 3시다.

이렇게 느긋하고 자유롭게 걷는 하루가 새롭다. 따뜻하고 편하게 치료의 손길을 느끼며 누워서 자비의 기도를 한다. 집으로 온다. 아빠에게 "다녀왔습니다." 인사한다. "잘 다녀왔어? 춥지는 않지?", "네." 잠시 아빠가 앉았던 그 자리에 앉아서 아빠와 함께 호흡하는 영혼을 위한 시간을 갖는다.

《안아 봄》을 편다. 감수를 맡으신 최종희 작가의 말대로 "독특하고 뜻 깊은 통과의식을 찾아낸 멋진 착상"의 책이다. 빠져든다. 전화벨이 울려 《안아 봄》에서 나온다. 큰애 부부가 저녁 먹으러 온단다. 손길이 바쁘다. 쌀을 씻는다. "무엇을 줄까." 냉장고를 연다. 나를 살아 있게 하는 시간이다. 그걸 알고 밥 먹는다는 핑계로 자주 들르는 아들이 고맙다.

오늘은 밥 먹고 설거지하고도 느긋하다. 아이들은 깔아 놓은 매트에 눕는다. "전기 넣어 줄까?" 스위치를 켜니 며느리가 따뜻하다며 좋아한다. 나의 오래된 전기 매트가 제 역할을 하는 날이다. 아들이 자기가 사다 준 아빠의 새 매트를 갖고 간다. 누군가를 따뜻하고 편안하게 해 주는 사랑 역할을 할 것이다.

자신에게 맞는 사랑의 역할이 있다. 누군가는 둥굴레와 꿀로, 또 누군가는 곶감으로, 수제청으로 마음을 전한다. 삼촌은 커다란 배 상자로 사랑 덩

어리를 안긴다. 이것을 '안고', '나눌' 생각을 하는 나는 좋은 몫의 사랑 역할을 하고 있나?

'처음으로' 2023.1.21.

눈을 뜬다. "이른 아침에 잠에서 깨어 너를 바라볼 수 있다면…" 언덕, 안개… 여전히 가사는 기억나지 않는다. 침대 생활하기 전 어느 날 바닥요에 나란히 누워 잠이 깬 내가 흥얼거린다. 기억나는 첫 가사만 흥얼거리면 남은 가사와 노래는 남편이 마무리한다.

한번은 찾아서 기록도 해보았지만 헛일, 지금도 모른다. 이렇듯 문득 그날의 어느 장면이 떠오르며 멍해진다. 그리워진다. 이렇게 남겨진 소풍의 나날을 '홀로, 함께' 지내야겠지! 최대환 신부님께서는 '슬픔이 사랑의 표시'라는 표현을 쓰셨다. 함께한 시간을 그리워하며 슬퍼할 수 있는 것과 거기서 힘을 얻는 것은 함께한 사랑의 시간이 있었기 때문이다. 감사한 시간들이, 또 감사할 시간이 남아 있다.

처음으로 세배를 혼자 받는다. 눈물이 핑 돌지만 재이, 지완이의 앙증맞은 한복에, 그 미소에, 그 재롱에 들키지 않고 넘어간다. 나를 바라보는 눈길을 느낀다. 미리 준비한 할아버지 이름이 새겨진 세배 봉투를 건넨다. 재이는 익숙하지만 지완이는 처음이다. 무엇인지도 모르고 봉투를 들고 뛰어다닌다.

나는 처음으로 혼자 세배를 받고, 지완이는 처음으로 세뱃돈을 받는다. 언제 '처음으로'에 익숙해지려나?

설날 오후에 2023.1.22.

요사이 허기진 사람처럼 많이 먹는다. 배가 좀 부르지만 소화시키는 것이 신기하다. 허기졌었나? 빈자리를 먹는 것으로 채우려는 원초적 본능인가? 아니면 그동안 마른 몸을 살찌워 회복하려는 마음일까?

서서히 하자. 서서히 빈자리를 채워 나가자. 아니, 빈자리 그대로 느끼며 사는 것도 또 다른 내면의 과정 아닐까? 이 단계에서 필요한 힘을 주실 텐데, 먹는 것으로 괜찮은 척, 불평하지 않는 천사처럼 그동안 잘 지내온 척으로 하루하루를 지내는 것이 아닐까?

나로 살자, 솔직하고 겸손하게. 그러나 씩씩하게 살자. 그리고 가끔 그리움이 손짓하면 흐르는 눈물은 흐르게 하자. "잘 지내지?" 하고 물으면 "훗!" 하며 웃자. 맛있게 적당히 먹고 잘 자고 음악 듣고, 좋은 강의 듣고, 책 보고 그림도 그리고, 그날 하루의 기록을 남기자. 누가 알든 말든 책으로 만들어지든 말든 살아가는 힘을 얻으면 되지. "그래, 예쁘다." 하실 분이 함께 계시니까.

3시경 쓰레기를 버릴 겸 집을 나선다. 공원 길을 걸어 후곡성당까지 간다. 성전으로 올라간다. 어두운 성당 안, 중간 자리에 앉는다. 그냥 앉아 있다. 십자가 위에서 가시관을 쓰시고 머리를 앞으로 숙이신 예수님, 갈비뼈가 드러나 보인다. 배는 움푹 들어가 홀쭉하고 발은 모아져 못이 박혀 있다. 핏자국이 보인다. 자리에 누워서 가시든 십자가에 달려서 가시든 '죽음'은 돌아감이다. 아무 느낌 없이, 기도문도 없이 그냥 앉아 있는데 눈물이 흘러 마스크 속으로 들어간다. 그냥 놓아둔다. 흐르지 않을 때까지.

나와서 도로변을 걷는다. 자동차들이 움직이고 사람들도 조금씩 지나다닌다. 좀 쌀쌀하다. 집에서 입는 옷에 잠바만 걸쳐 약간 춥다. 집에 돌아오

가자! 6F oil on canvas 2024

니 따듯하다. 재이 그림들, 내 그림들이 웃으며 반긴다. 손 씻고 앉는다. 설날 오후, 이 고요함이 좋다.

> 홀로가
> 외로움이 되지 않고 고독이게 하자
> 고독이 나의 삶의 기둥이 되게 하자
> 그 기둥 위에 차근차근 조금씩 얹어 보자
> 그 기둥에 맞게, 넘치지 않게

길 2023.1.23.

전화벨이 울린다. 영숙 씨다. 딸이 운전해 인천 송도를 거쳐 인천대교를 넘어 영종에 다녀올 예정이라며 함께 가자고 한다. 성의는 고맙지만 거절한다. 그냥 집에 고요히 머물고 싶다. 홀로, 함께, 이 공간에서.

《다시, 안아봄》을 읽는다. 먼 옛날의 아픔과 상처를 풀어낸 아련한 추억으로의 여행 글들이다. 배가 고프고 헛헛하다. 먹으니 배부르다. 걸어야겠다. 사거리 건널목을 건너 자동차 공업사 '세덴'을 지난다. 문이 닫혀 있다. 아빠와 함께 탁구공을 치는 회원들의 떠들썩한 목소리가 들린다. 통통 튀는 탁구공 소리를 남겨 두고 걷는다.

'고향식당'이 보인다. 2019년 루멘 전시 때 수녀님들과 먹었던 소박한 밥상이 보인다. 오늘은 문이 닫혀 있다. 그냥 지나친다.

계속 걷는다. 아들의 스튜디오 '루멘'이 보인다. 반갑다. 불이 켜져 있다. 아들 모습이 언뜻 보인다. 그것만으로도 반갑다. 앞 공원 건너에 카페가 생겠구나. 어느 청년이 들어간다. 율동초등학교 길을 걷는다. 율동공원이 한가하다.

갤러리 '뜰'이 보인다. 여기구나. 새로 생긴 전시장이. 가까이 가 본다. 문이 닫혀 있다. 26일부터 전시가 있다고 쓰여 있다. 이 갤러리와 인연이 맺어질까? 한가한 신일중 앞 공원 길을 걷는다. 아빠의 체취가 배어 있는 운동 기구의 손잡이를 잡고 다리 운동을 한다. 까치만 반갑다고 인사할 뿐! 하늘은 뿌옇다.

집 가까이 왔다. 엘리베이터를 탄다. 문을 연다. 익숙한 나의 삶이 여기에 있다. 아빠의 미소가 반긴다. 하늘과 연결하는 시간, 자비를 구한다. 눈을 감는다. 고요가 흐른다.

재이가 써서 곳곳에 붙여 놓은 'Happy 설날!'을 사진 찍어 자매들 카톡에 올리며 새해 인사를 대신한다. "애들 가고 한가한가요?" 다섯째가 대답한다. "이제 모든 일을 정리하고 놀러 가고 있어요."

넷째와 다섯째가 들어선다. 놀러 가고 있는 곳이 우리 집. 와우! 반갑다. 예상치 못한, 고마운 방문이다. 가져온 명절 음식이 차려진다. 떡만둣국을 끓인다. 도토리묵, 잡채, 전. 푸짐한 이른 저녁이다.

TV는 혼자 떠들고 70대인 세 자매는 이야기꽃을 피운다. 아픈 얘기, 자식 얘기, 남편 흉까지. 오랜만에 쏟아 놓는 이야기들과 고향 엄마 얘기가 좋다. "내일 영하 17도라는데 이제 가기는 틀렸네." 이 시간을 더 늘리고 싶은 마음이다. 두 자매는 거실에, 나는 방 침대에 눕는다. 도란도란 얘기 소리가 들린다. 바람이 분다. "괜찮아, 함께여서!"

보약 같은 자매들 2023.1.24.

날씨가 매섭다. 가장 추운 날씨, 영하의 온도가 점점 내려간다. "70대의 두 할머니가 추위에 길에서…" 가상 뉴스를 만들어 더 머물라고 말하는 나. "좋아, 좋아!" 하며 넷째는 딸 지원이에게, 다섯째는 제부에게 전화를 한다. "밥은 챙겨 먹었어?" 하고 걱정도 하며.

　하루 종일 같은 공간에서 음식을 만들어 먹고 수다를 떨며 삶의 찌꺼기를 토해 낸다. 고향의 어린 시절, 자매들과의 한방살이로 돌아간다. 오랜만에, 정말 오랜만에 깔깔깔 웃는다. 귀가 뻥 뚫리는 깃 같다.

　쟁반 위에는 수수부꾸미가, 김치통에는 물김치가 채워진다. "더 추워지지는 않을까?" 하며 소파에서 셋이서 이야기꽃을 피울 때 갈멜 신부님이 전화하셨다. "신부님, 자매들이 와서 2박 3일 프로그램 진행 중." 밝은 나의 목소리에 신부님 말씀, "자매들이 보약이네." 하며 강복을 주신다. "네, 자매들이 나의 보약입니다."

갤러리 '뜰' 2023.1.26.

점심 후 산책에 나섰다. 조심조심 아기 손길같이 눈이 내린다. 맞으며 걷는다. 율동공원 쪽으로. '뜰'에 가 보고 싶다. 따뜻한 그림들이 보인다. 불이 켜 있다. 들어선다. 아무도 보이지 않는 곳에서 "어서 오세요." 목소리가 들린다.

　한 자매가 마스크를 쓰며 나타난다. 그리고 키 큰 청년이 보인다. 카페도 하는구나. 전시 중인 자폐 아이들의 그림과 선생님의 그림을 바라본다. 자매가 설명을 해 준다. 또 다른 삶의 여정이 아프고 아름답다. 캐모마일 향기가 좋다. 따듯하다. 이야기가 오간다.

그림을 하는 아들, 집에만 있던 엄마, 직장 다니는 아빠. 아파트를 떠나 학원이었던 이곳 지하에 아들 작업실, 2층에 갤러리를 지난 6월에 열었단다. 엄마의 마음, 아빠의 애씀이 보인다. 사랑이다. 책 나눔과 그림 전시는 3월 말에 가능하단다. 그래, 이렇게 시작해 힘을 얻으며 살아가는 것이다.

층계를 내려온다. 자매가 부축해 주며 "아들이 자폐에요." 한다. 다양한 삶의 여정, 응원하고 보듬어 주며 살아가는 길, 눈 위의 길을 걷는다. 조심조심. 흩날리는 눈이 부드럽다.

갤러리 '뜰'이 만남의 장소가 될 것이다. 전시도 보고, 전시도 하고, 이야기도 나누는 따듯한 곳이 될 것이다.

《슬픔이 택배로 왔다》 2023.1.30.

새벽에 정호승 시인의 《슬픔이 택배로 왔다》를 읽는다. 눈시울이 뜨겁다. 흐르는 눈물은 그대로 흐르게 놓아둔다.

택배

슬픔이 택배로 왔다
누가 보냈는지 모른다
…
포장된 슬픔은 나를 슬프게 한다

살아갈 날보다 죽어갈 날이 더 많은 나에게

택배로 온 슬픔이여

…

마지막 한방울 눈물이 남을 때까지

얼어붙은 슬픔을 택배로 보내고

누가 저 눈길 위에서 울고 있는지

그를 찾아 눈길을 걸어가야 한다

　택배로 온 '슬픔'을 찾아 눈길을 걸어가는 나를 본다. "고개를 숙이고 호주머니에 손을 넣고 걷지 말라."며 넘어질까 걱정하는 남편의 목소리가 들린다. 시인의 목소리도 들린다. "바람에 툭툭 눈뭉치 떨어지는 소리를 들으며 흰 눈을 떨치고 새가 날아간 방향으로 걸어가야 한다."(32쪽) 그래, 죽어갈 날이 더 많을지라도 씩씩하게 '새가 날아간 방향'으로 걸어가야지. 분명 나에게도 "기다림의 사랑은 남아 있으니."(14쪽)

　"사람은 지는 꽃을 따를 때 가장 아름답다."(20쪽)처럼 감사하며, 사랑하며 '오늘 하루를 일생처럼' 살자.

'내 영혼 바람되어' 2023.1.31.

내 영혼 바람되어

박은태 노래

그곳에서 울지 마오
나 거기 없소
나 그곳에 잠들지 않았다오

그곳에서 슬퍼 마오
나 거기 없소
그 자리에 잠든 게 아니라오

나는 천의 바람이 되어
찬란히 빛나는 눈빛 되어
곡식 영그는 햇빛 되어
하늘한 가을비 되어

그대 아침 고요히 깨나면
새가 되어 날아올라
밤이 되면 저 하늘 별빛 되어
부드럽게 빛난다오

그곳에서 울지 마오

나 거기 없소

나 그 자리에 잠들지 않았다오

그곳에서 슬퍼 마오

나 거기 없소

그 자리에 잠든 게 아니라오

나 거기 없소

이 세상을 떠난 게 아니라오

미사하려고 하니 지난 '설 합동위령미사' 제목이 '내 영혼 바람되어'로 되어 있다. 시 '나 거기 없소'를 검색해 보니 박은태 노래가 나온다.

　오늘의 선물을 들으며 종이에 쓴다. 쓰다, 울다, 그리움의 눈물이 흐른다.

넘어짐　2023.2.1.

오늘은 너무 여러 가지 일이 일어났다. 아니, 일어난 게 아니라 욕심 부린 게 아닐까? 그냥 그쯤은 할 수 있다고, 이제 기력을 회복하고 있다고, 그래서 결국 넘어졌다.

　정환이가 출근한 후 나는 책도 읽고 쉬며 깜빡 잠들기도 했다. 12시경 충미 씨가 왔다. 그동안의 원고와 어느 신부님의 책 3권(노현호, 《그림으로 보는 어느 사제의 이야기》 그리고 충미 씨 책 두 권)을 펴 놓는다. 나는 배낭에 내 책 여섯 권을 넣고 한 권을 충미 씨에게 건넨다.

'뜰'로 걸어가며 그동안의 일들을 나눈다. '뜰'에서 '그림이야기' 화실의 재연 씨 세 자매와 마주 앉는다. 충미 씨의 책 《왜 그토록 사랑했을까?》에 관심을 보인다. '그림이야기' 화실의 컨셉과 맞는 것 같다. 충미 씨는 세 자매와 함께 '그림이야기'로, 나는 걸어서 화실로 향한다.

친구의 레슨이 끝난 모양이다. 그랜드백화점에서 사 온 호두과자를 먹는다. '모과나무 풍경' 레슨을 받으니 3시경이 되었다. 멀리 갈 친구를 생각해서 둘이서 나선다. 간 김에 나도 한의원 치료를 받자 하며 주엽역까지 서로 기대어 살살 걸어간다. 이 공원 길은 처음이란다. 주엽역에서 안녕하고 나는 청정한의원으로 올라간다.

오늘 올 예정이 아니었지만 금방 따듯한 침대에 누워 치료를 받는다. 한의사가 《그림, 삶이 되다》를 다 읽었어요. 따듯해요." 하며 침을 놓는다. 감사하다.

몇 년 만에 그랜드백화점에 들어간다. 식품관에서 가자미포 뜬 것과 '양반 사골곰탕' 하나 사 배낭에 넣는다. 이제는 혼자 올라가는 육교의 언덕길. 익숙한 분수공원이 보이고 우회전한다. 머리는 맑아졌는데 다리에 힘이 없다.

오늘 너무 여러 가지 일을 했나? 무리였나? 집에 가 "쉬면 되지." 하는데 순식간에 올라가던 아파트 입구 계단에서 왼쪽으로 휘청한다. 왼손과 오른쪽 무릎, 얼굴 왼쪽 광대뼈가 땅에 부딪친다. 안경은 저만치 떨어져 있다. 앉아서 한참을 그대로 있는다. 다행히 아무도 지나가지 않는다. 간신히 일어난다. 들어와 "다녀왔어요." 하니 걱정스레 바라볼 수밖에 없는 눈길.

왼쪽 팔꿈치와 오른쪽 무릎에 한방 물파스를 뿌려 본다. 서서히 통증이 온다. 얼굴 광대뼈 부근이 좀 붉고 부어 있다. 연고를 바른다. 소파에 앉아 눈을 감고 오늘 하루를 돌아본다. 하루에 한 가지가 아니라 세 가지 일을 한 것이다. 80이 다 된 노인네가. 더구나 큰일을 치르고 회복 중인 사람이. 자매 카톡에 수원 못 간다고 알리고 이 후유증이 언제까지 갈까 생각한다.

"과하면, 삶의 균형을 유지하지 않으면, 넘어진다."는 사실을 일깨워 준 하루이다.

병원 치료 2023.2.2.

당신께서는 인간을 먼지로 돌아가게 하시며 말씀하십니다. "사람들아, 돌아가라."(시편 90,3) 펼쳐 있는 성경 시편에서 이 구절이 와닿는다. '인간', '먼지', '돌아가라' 즉 '인간은 먼지로 돌아간다.' 여기저기 날아다니고 부딪히고, 함께 뭉치기도 하고, 홀로 떠다니다가 머물다 재로 돌아간다.

어제 넘어짐의 아픔이 밤새 계속되었다. 밤 12시경 타이레놀 한 알 먹고 잠들었다. 침대에서 일어나는 데도 이리저리 시도하다 간신히 바닥에 발을 딛고 오른손으로 짚으며 일어섰다. 거실로 나온다. 휑하고 넓다란 거실. 소파, 그림, 사진들, 아이들 놀이감들, TV, 오디오 그리고 내가 좋아하고 함께 앉아 식사를 하는 통나무 식탁, 어지러이 놓인 물건들. 정겹다.

무얼 먹을까? 어제 쪄 놓은 고구마와 유자차로 간단히 할까, 아 참 정환이가 오면 함께 먹어야지. 그러다 가만히 앉아 있다. 왼쪽 팔꿈치가 아프고 오른쪽 무릎이 가만히 앉아 있으라고 한다.

8시 30분경 정환이가 들어온다. "왔어?" 하며 일어나 걷는 내 모습이 이상하니까 묻는다. "왜 그래? 아파?" 실토한다. "바로 연락하지, 참 엄마두." 이제 엄마가 아들의 야단을 맞는다. 이것 또한 돌아감의 여정이다. 아이들 어렸을 때 부모가 아이들 걱정되어서 야단치고 돌보았듯이 이제는 아들한테 엄마가 아기이다. 순순히 함께 정형외과로 간다. 의사 진료 후 X-ray 찍고 다시 결과 보고 물리치료하고 약 사고 그리고 집으로 돌아오는 길, 뒤틀어진 안경을 맡기고 집으로 올라온다. 아들은 예약 손님 받으러 루멘으로 가고 다시 혼자가 된다.

넷째와 통화한다. 서로의 아픔이 통한다. "언니, 내가 갈까?", "아니, 이것도 겪어야 할 과정이니까…" 전화선을 타고 둘의 아픈 소리가 만난다. 눈물이 흐른다.

외딴곳 2023.2.4.

외딴곳에서 침묵의 순간을 살 수 있는 좋은 때인데 나는 그렇지 못하다. 하루 종일 이 공간에 아무도 오지 않는데 난 끊임없이 침묵이 아니라 소란 속에서 살고 있다. 아주 잘 지내고 있다고 시위하듯이, 누가 보지도 않고 묻지도 않는데.

소파나 책상 의자에 앉아 잠시 멍 때리는 것이 그래도 고요한 순간이다. 남편과 눈 마주치며 시간이 정지된 것 같음을 느끼고 만져 보는 순간도.

그리고는 책을 읽으면서 음악을 듣고 TV도 본다. 전화로 보고하거나 아들의 안부 전화를 받기도 하고 옛 인연들과 삶의 아픔을 나눈다. 그러다가 외딴곳 오두막에서의 침묵을 그리워하기도 한다.

그래서 잠시 전화벨소리를 끄기도 하지만, 그것도 별 효력이 없다. 울리는 것보다 더 자주 확인하니까! 문제는 마음이다. 끊임없이 진동을 한다. 알 수도 있지만 확인할 수 없는 움직임들로 마음이 흔들린다. 그러다 "그러니까 살아 있지." 하며 아픈 부위에 파스를 바르고 위로한다. 해가 저 멀리 아파트 건물 위에 걸리면 안심을 한다. 하루가 저무는구나. "잘 가."

침묵의 순간 속에서 주님 말씀이 들린다. "외딴곳으로 가서 좀 쉬어라." 사람이 오지 않고 혼자 있다고 외딴곳이 되는 것은 아니다. 내가 머물러 진정한 '쉼'을 쉴 수 있는 곳, "주님, 제 마음이지요?"

책 2023.2.10.

눈을 뜬다. 오늘 하루가 시작된다. 나태주 시인의 시가 떠오른다. "자세히 보아야 예쁘다. 오래 보아야 아름답다. 너도 그렇다."

그래, 그동안 나는 어떻게 살아왔지? 그렇게 오랫동안 만나온 인연들, 끝없이 읽은 책들, 긴 세월 속의 자연 풍경들. 그 모두를 자세히 보고 오래 보고 사랑했는가. "그렇다." 하며 살았지만 얼마나 많이, 자주 겉핥기만 했던가.

책만 해도 그렇다. 사거나 선물 받거나, 읽을 책이 생기면 마음이 급해진다. 무슨 내용일까? 들어가기와 나오기를 먼저 읽고 훑어본다. 그리고 대충대충 읽는다. "나중에 다시 자세히 음미하며 읽지." 하며. 물론 다시 정독하는 책도 많다.

풀꽃마다 각각의 아름다움이 있듯 모든 책에 들어 있는 작가들의 다 다른 삶을 그리고 표현된 것과 미처 표현하지 못한 것까지 읽어 내려면 자세히 음미하며 마음으로 읽어야 하지 않을까?

이제 살아온 날보다 살아갈 날들이 훨씬 짧겠지만 천천히 한 걸음 한 걸음 살자. "자세히, 오래 보면 참 예쁘다. 아름답다. 정말 너 사랑스럽다." 이렇게 감탄하며 살자. "고맙다." 하며.

왜 그게 거기 있을까? 2023.2.23.

TV 음악 프로로 머리를 식히고 평소보다 좀 늦게 방으로 들어와 책상에 앉는다. 책상에 〈매일미사〉 2월호가 놓여 있다. 다른 책 위로 옮겨 놓으려고 들어 올리니 그 밑에 잃어버려서 오늘 하루 종일 찾고 분실 신고한 카드지갑이 놓여 있다. 세상에나!

왜 이 지갑이 책상 위, 그것도 〈매일미사〉 책 밑에 놓여 있는 걸까? 당연히 가방이나 입고 나가던 코트 주머니에 있어야 할 것이? 아무리 생각해도 이 수수께끼를 풀 수가 없다. 오늘 하루 종일 겪어야 했던 일들이 필름처럼 돌아간다.

오늘은 50일 탈상날이다. 새벽미사에 다녀와 아들과 아침을 먹는다. 수원 넷째 동생과 미국에서 온 조카 지우가 오는 시간에 맞춰서 청아공원에 갈 준비를 한다. 그런데 카드 지갑이 안 보인다. 아무리 찾아도 없었다. 어제 2시 20분경 아파트 앞 마트에서 딸기 살 때 쓴 생각도 나는데. 정환이와 마트에 가 보아도 없다. 다시 집으로 와 찾아본다. 머리가 빙빙 돈다. 결국 정환이가 카드 분실 신고(우리은행의 내 카드와 아빠 카드 그리고 현대카드)를 한다. 정신이 없다. 현대카드와 아빠의 우리카드까지 말소한다. 그리고 내 카드는 재발급 신청하기로 하고 결국 청아공원에는 나중에 가기로 한다.

어느 정도 마음을 가다듬고 주민센터 가서 주민등록증 재발급 신청하고 명가원에서 점심을 먹고 아들과 조카 지우는 가고 동생과 나는 우체국으로 가서 통장을 해지하고 우리은행 통장으로 이체한다.

가만히 생각해 본다. 이런 일이 일어난 뜻은 무엇일까. 그것도 50일 탈상일 때? "복잡한 것 정리하고 단순하게 살아라.", "은행은 한 군데로 하고 은행 카드도 하나만 남겨라." 결국 "네, 그렇게 하겠습니다. 감사합니다."가

된 것이다.

　카드를 가위로 자른다. 운전면허증만 다시 지갑에 넣는다. 운전면허증을 다시 발급받지 않은 것만도 감사한 일이다. 이제 새로 받은 주민등록증, 우리카드만 지갑에 들어갈 것이다. 어느 때인가는 다 놓고 가겠지만.

물건 보내기　2023.2.27.

박정자 수녀님과 통화하다. 며칠 전 휠체어와 침대를 필요한 곳에 보내라는 국 샘의 말을 전한 결과 목욕 휠체어는 원효로의 성심수녀원으로, 침대는 평창동 예수회에서 고려 중이시라고 말씀하신다.

　이렇게 하나하나 사용하던 물건을 보내는 것이 그리고 없애는 것이 현명한 방법일까, 기억은 쉽게 지우지 못하는데. 어쩌면 흐려지게 하는 데는 도움이 되겠지. 그러나 함께한 모든 순간순간은 그대로 살아 있다. 다만 어딘가 필요한 곳에서 사용해 주시니 감사할 뿐이다.

전시와 책 나눔　2023.3.30.

박종인 신부님과 김영남 신부님의 28일 개막 미사를 시작으로 많은 분들이 전시에 다녀갔다. 오늘은 한가한 날이다. 오랜만에, 정말 오랜만에 제자 상미, 미영이와 점심을 먹는다. 이제 60이 넘어 일을 놓은 상미가 계속 이야기한다. 그동안 쌓인 삶을 풀어놓으려는 듯이. 미영이는 후배답게 웃으며 차분하게 듣는다.

나는 대견하게 바라본다. 흐뭇하다. 이렇게 그림이 다시 삶을 이어가게 한다. 이제 선생과 제자가 아닌, 각자의 여정을 가며 서로 손잡고 바라보며 편안하게 함께 걸어가는 동료이다.

이렇게 '뜰'에서의 하루가 시작된다. 꽃망울을 터뜨려 피기 시작한 벚꽃이 활짝 웃으며 함께한다.

전시 마무리 2023.4.2.

간단한 점심을 하고, 벚꽃이 한창인 길을 걸어 갤러리 '뜰'로 올라간다. 정감 있는 나의 그림들이 웃으며 반긴다. "고맙다, 오시는 분들마다 어울리는 사랑을 전해 주어서. 오늘은 전시 마지막 날, 행복과 사랑을 전하자. 파이팅!" 로사 씨가 반긴다. 벨라뎃다, 영숙 씨가 들어오고 친구 동인이가 아들과 손자를 데리고 온다. 삼촌도 마무리를 도와주려고 오니 고맙다. 성당 반장 부부와 남성 성가대 몇 분도 오셔서 차를 마신다. 사진작가 모임이 있어 늦었다며 조수봉 후배가 들어온다. 정리해 주러 큰애 부부도 온다. 이렇게 다양한 분들이 모여 그림을 보고 이야기하며 차를 마시고 있다. 나는 인사하며 감사를 전한다.

3시 넘어 제자 영신이와 남편 전 선생이 들어온다. 오랜만의 만남인데 어제 만난 사람들 같고 반갑다. 전 선생과는 몇십 년 만의 해후다! 아이들 중학교 때 수학을 가르치러 일주일에 한 번씩 집으로 오곤 했었다. 그런데 뜻밖의 손님들이 온다. 근처에 사는 '숙모', 탁구장에서 남편과 함께 탁구를 치던 자매이다. 나도 가끔 갔기 때문에 안다. 울먹거린다. 나도 함께. 어제 오셨던 세덴 윤 사장님이 알린 모양이다. 숙모가 가고 다시 외숙 씨와 탁구장 선생님 부부가 왔다. 광명시에서. 다시 남편을 기억하고 얘기하며 눈물을 흘리는 추모의 시간을 갖는다. 이렇게 아름다운 추억이 이어진다.

'뜰'의 정리를 마치고 집으로 와 아들과 며느리가 그림을 그림방으로 옮긴다. 그리고 쉬라며 떠나가고 나는 앉아 있다. 일주일간의 행복이 흘러가다, 머물다, 사라진다. 그리고 나는 다시 꿈꾼다. 감사한 시간이 이어지기를.

나의 의지 2023.4.7.

한의원에 의존하지 말고 몸과 마음을 추슬러 혼자 일어서 보자. 도움은 여기까지, 이제 나의 의지 문제이다. 지금이 가장 젊고 시작할 때이다. 나이 들어 누구나 겪는 힘듦, '안고 가자.' 그리고 남은 여정을 '완수하자.' 이것이 주님께로 나아가는 길이다.

우리의 고통을 모두 안고 가신 예수님을 바라보자. 주님보다 더 힘든 사람은 없을 것이다. 이제 나도 다른 사람의 힘듦을 들어 주고 이해하고 함께 아파하고 보듬자! 내가 할 수 있는 일을 조금씩 하자. 그것이 우리 모두의 십자가를 안고 가시는 예수님을 도와드리는 일이다. '함께'할 공간을, 쉼터를 만들자. 그러면서 나도 함께 숨 쉬고 먹으며 한 발짝 나아가는 길을 터보자.

성령께서 함께하시기를! 분명 함께하실 것이다.

시간과 공간 2023.4.11.

새벽에 일어나 의자에 앉아 머문다. 시간과 공간. 나를 있게 한 '공간들'을 스쳐 지나가며 '그 시간들'에 머문다. 기억나는 '할머니 집'으로 시작하여 지금 '일산 집의 이 방'에 이르기까지 수많은 공간과 시간이 나를 만들어 주었다.

고향 샘내, 동네 중앙에 있는 할머니 집. 넓은 마루와 양쪽의 방, 깊은 우물이 있는 앞마당을 거쳐 사랑방을 왼쪽에 둔 대문을 나서 계단을 내려가면 넓은 바깥마당과 밭, 기찻길이 있는 너른 들판이 보인다. 그리고 넓은 뒤란과 부엌으로 이어지는 장독대는 옆집 친구 부용이네로 통한다. 부엌과 장독대 사이 공간에는 집과 그 식구들을 지키는 수호신 터줏대감을 담은 항아리가 놓여 있다.

넓은 바깥마당은 공기놀이, 자치기, 술래잡기를 하는 놀이터이고 동네 윷놀이 장소이다. 사랑방 앞에는 선물들이 잔뜩 쌓여 있고 이장님은 방에서 보고를 받고 기록하던 모습들이 떠오른다. 대문을 열고 나오면 저 멀리 기적을 울리며 석탄 연기를 내뿜어 달리는 기차가 보인다. 그 기차를 바라보는 우리 자매들, 북적거리던 고모들과 삼촌들, 고종인 영수 오빠와 방학이면 함께 지내던 사촌들, 항상 행주치마를 입으시고 바쁘게 일하시던 엄마, 뒤늦게 아들 낳았다고 빨간 고추 달린 인줄을 거시고는 앞마당으로 들어오시던 아빠. 그 공간, 그 시간 속에서의 정겨운 모습들이 보인다.

어느 날 이 공간이 방앗간으로 옮겨간다. 밭으로 난 좁은 길로 할머니 집의 공간과 방앗간의 공간을 왔다 갔다 하며 지내던 때다. 어느 때는 그 공간 중간에 삼촌이 결혼해 '작은아버지 집'도 있게 되었다.

세월이 더 지나 방앗간 뒤에 크고 멋진 한옥이 지어지기 시작한다. 방앗간 안에 있는 작은방에서 일어난 일도 생각난다. 6살 때 피난 갔다 와서 내가 아파 누워 있는데 국민병 갔다 돌아온 아빠가 옷을 입혀 줘 회복되던 일, 방앗간의 기계 돌아가는 소리, 밀이 빻아져 밀가루가 쌓이던 작업대, 기계에서 만들어진 국수를 내려 마당에서 말리던 일, 밤에는 말린 국수를 잘라 신문지로 싸던 아빠 모습. 이렇게 딸부잣집의 방앗간과 그 시간이 삶의 중심이 되어가던 때이다.

폐허가 된 매송국민학교를 걸어 다니던 시골길과 학교 운동장도 나의 공간과 시간이다. 8살 때인가, 운동장 나무 밑에 흙을 파 꽃을 따서 넣고 유리 조각과 흙으로 덮고 쉬는 시간이면 가서 흙을 지워 살펴보고 왔있다. 가끔은 사람들이 오고 가는 행길이 아니고 칠보산을 넘어 아카시아를 따 먹으며 집으로 오곤 했다. 돌아오는 냇가에서 물장난을 치고 가재를 잡기도 했다. 내 어린 날들의 공간과 시간이 되어준 고향 그리고 부모님이 누워 계신 칠보산, 모두 그리운 곳이다.

6학년 5월, 세류국민학교로 전학가면서 학창 시절은 새로운 공간과 시간이 된다. 수원 삼거리 극장이 보이는 곳에 방 하나 있고, 넓은 홀이 있는 곳에서 언니와 살게 되었다. 잠시 동안은 엄마가 아이스케키를 만들어 파셨다. 나는 밤에 홀에서 수원여중 입시를 위해 열심히 공부하기도 했다. 수원 여중·고를 다니는 동안 몇 번 이사를 했다. 샘내 집에서 오목내까지 가는 시내버스를 타고 역전에서 학교까지 걸어 다니기도 했다.

수원여중고에서 서강대 공간으로 옮기게 된다. 영등포 고모댁과 학교 앞, 마포와 만리동의 개인 주택에서 학교를 다녔다. 많을 때는 형제 5명이 함께 자취를 하며 지냈다. 서강대 공간은 C관 아래에 있는 임시 컨테이너 실험실, 본관 복도에 책상이 쭉 놓여 공부하던 곳이 생각난다. 이 공간에서 나의 대모가 된 박순례 데레사 선배를 만났다.

4학년 때인가 리치 과학관이 생겨 이사하고 대학원에서는 정구순 교수
님 연구실과 그 옆 유기화학 연구실이 나의 새 공간이 되었다. 헙스트 신부
님과 면담하기 위해, 박고영 신부님의 미사에 참례하기 위해 방문하던 사
제관, 태릉 원자력연구소에서 방사선원소를 납 캡슐에 받아와 실험하던 연
구실. 이렇게 서강의 공간과 시간 속에서 6년이 흐른다. 새로 생긴 강당이
졸업식 공간이 되었다.

다음은 춘천 성심, 부천의 성심여대, 지금의 가톨릭대학교 성심 교정이
1971년부터 2010년까지 나의 40여 년 삶의 공간이다. 거기에 1984년 6개
월간의 버팔로에서의 연구 기간, 1991년 네 식구가 앨라배마주 어번대학에
서 지낸 1년은 특별한 공간과 시간에 대한 기억이 되었다.

1980년 결혼, 제일아파트에서 시작해 개봉동 원풍아파트 그리고 94년
자리 잡은 일산 후곡마을이 30여 년을 살고 있는 나의 공간과 시간이다. 이
사 올 때 초등 6, 중 1이던 두 아들은 40대 초반. 각자 자리를 잡아 살고, 나
는 2010년 퇴직해 '미루화실'이라는 새로운 공간을 넘나들며 그림 그리고
책 내고 전시하며 노년의 시간을 보내고 있다.

지금은 2023년 1월 5일 남편을 떠나보낸 이 공간에서 홀로의 시간을 지
낸다. 고맙게도 가까이 사는 큰애가 아침에 들러 아침밥을 함께 먹고 필요
한 일을 해결해 준다. 보물인 손녀 재이와 손자 지완이는 주말에 온다. 활력
과 감사와 행복의 시간이다.

이제 이 공간, 나, 홀로의 시간이 남겨져 있다. 나에게 허락된 '시간과 공
간'을 어떻게 사용하고 보내야 할까? 맑은 바람이 분다. 창밖으로 새가 날
아간다. 구름도 머문다. 불을 끄고 빛에 의지한다. 새날을 주심에 감사하며.

그림 시작 2023.4.24.

미리 정리한 유리판에 물감을 짠다. 그동안 기억해 둔 것은 물감 짜 놓는 순서, 이것만도 대견하다. '수련과 잉어'는 왼쪽 위에 수련 자리를 잡고, 연필로 잉어 위치도 잡아 놓는다. 그리고 노랑, 빨강, 주황, 회색으로 물고기를 칠해 놓는다. 흐뭇하다. 이렇게 조금씩 만나다 보면 자유로운 잉어들의 힘찬 생명력을 느끼며 나도 서서히 기쁨과 희망을 갖게 될 것이다.

또 다른 생명은 다섯째네 수담농장의 '어미닭과 아기들'이다. 어미닭이 알을 품고 기다리며 보듬은 끝에 태어난 여섯 마리의 병아리. 한 아기는 엄마 위로 올라가고 다른 한 아기는 엄마 날개 속으로 숨었다가 얼굴을 빼꼼히 내보인다. 한 친구는 벌써 물을 먹고 있다. 어릴 때의 추억과 엄마의 사랑, 삐약거리며 아가들이 엄마를 따라가는 행복을 색칠한다. 조금씩 큰 병아리로 자라 풀밭을 노닐며 풀을 뜯고 벌레들과 씨름하겠지. 그리고 어미닭이 되어 알을 낳고 또 예쁜 병아리들을 보살피겠지.

이렇게 두 그림을 스케치하니 4개월이 넘게 바라보기만 했던 시간이 스친다. 그 기간은 준비하며 성숙해 가는 기다림이었지. 그 기다림과 바라봄이 있었기에 오늘의 기쁨과 생명 그리고 자그마한 희망이 있는 것이 아닐까?

감사한 마음으로 산책을 나선다. 자연, 나의 하느님, 묵주기도와 함께하는 시간이다! 맛있는 사과를 사서 들어오니 주황색 잉어가 펄떡이며 반긴다. 병아리들은 삐약거리며 달려온다. 고맙다, 아가들아. 함께 지내자. 파이팅!

잉어 12M oil on canvas 2023

청계 가족 8F oil on canvas 2023

고향 방문 2023.4.28.

자매들이 나란히 서서 칠보산에 계신 엄마 아빠께 절을 올린다. 마음속으로 그동안의 일을 고한다. 이미 하늘에서 만나 알고 계시겠지만. 눈시울이 약간 붉어질 뿐 눈물은 흐르지 않는다. 한 바퀴 돌며 술을 뿌려 드린다. 아빠에게는 많이, 엄마에게는 조금. 엄마는 손수 담그신 막걸리 술지게미를 조금 드시고도 취하시는 분이시니.

며칠 전부터 오랜만에 고향에 간다고 하니 애숙이 언니가 계속 생각난다. "그 자그만 집에 가서 언니를 만나야지. 그리고 지나간 고마움을 전해야지."

마치 해야 할 숙제 같았다. 다섯째의 아이디어, 집에 가도 없을지 모르니 노인회관에 가서 먼저 알아본다. 첨탑이 높이 솟아오른 교회 아래 노인회관으로 간다.

어느 할머니가 보행용 밀차를 끌고 나오고 있다. 언니가 말을 시킨다. "방앗간집 영대에요." 반가워하는 사이 다섯째가 문으로 가 "혹시 애숙이 언니 여기 계셔요?" 묻는다. 한 분이 손가락으로 언니와 얘기하고 있는 할머니를 가리키며 "저기 있는데." 하신다. 서로 마스크를 벗어 알아보며 반가워한다.

젊었을 때 모습이 보인다. 꼬부랑 할머니가 되셨지만 우리 집 대소사에 항상 오셔서 엄마를 도와주시던 권씨 집안의 며느리인 언니, 마음씨 고운 감사한 언니이다. 손잡고 껴안고 이야기는 이어진다.

그사이 어느 할아버지가 온다. 낯이 좀 익다. 다섯째가 알아본다. 한약방 할아버지 댁 손주다. 목사님같이 단정한 모습이 좋다. 딸이 교회 아래 유치원을 운영해 아이들 실어 나르는 일을 하다 요사이 그만두었다고 한다. 어릴 때, 젊었을 때 만났다가 이렇게 다시 보게 되다니 꿈같다.

어느 할머니가 노인정에서 나오시는데 언니와 손을 맞잡는다. 대수 고모란다. 대수? 익숙한 이름인데 누구지? 언니가 말한다. "너에게 연애편지 주었잖아?", "아, 그 대수!" 동네 연극에서 대수가 말한 "술독집에서는 빨리 결정하라고 하는데."라던 대사도 떠오른다. 어느 날 그 집 앞을 지나가던 나에게 마침 쓰고 있던 편지를 건네주던 고등학생. 중학생인 나는 그 후 약간 어색했지만 그냥 동네 오빠로 지내던 일. 이제 어느 곳에서 할아버지가 되어 살고 있겠지. 아니, 그 고모님에게 물어보지도 못했다. 어쩌면 이제 이세상 사람이 아닐 수도 있겠구나!

긴 세월 잊고 지냈던 정겨운 분들을 만나게 해 준 고향 방문, 들판에서 동생들과 뛰어다니며 놀고 있는 단발머리 소녀를 부르는 엄마의 목소리가 들린다. "영순아!"

생일 2023.4.29.

우리 식구들이 다 모였다. 대화역의 어느 중국음식점으로. 처음으로 혼자서 맞는 생일이다. 그렇게 슬프거나 허전하지는 않다. 식구가 함께 있는 동안에는. 재이와 지완이의 모습만 보아도 모든 생각은 다 사라진다.

재이를 보면 "할아버지 닮았네." 하는 소리가 들려오고 지완이의 모습은 아빠 주환이와 똑 닮은꼴이다. 큰애 부부 모습이 감사하고 아이들과 매일 씨름하는 둘째 며느리 주리의 모습이 대견하다.

촛불이 케이크 위에 가득, 너무 많다. 어느 사이에. 큰애들은 생일 선물로 준비한 아이패드를 세팅하기에 바쁘다. 재이가 사 온 노오란 꽃이 식탁 위에서 웃는다. 자러 들어간 지완이가 엄마만 재우고 나와 소파에 앉아 누나와 함께 TV를 본다. 나도 아기가 되어 재미있다.

모두 떠나갔다. 다시 혼자, 그러나 함께이다. 이렇게 78세 생일이 흘러간다.

구산성지 2023.5.2.

성모님이 아기 예수님을 안고 무심한 듯 반기신다. 머리에 화환을 쓰시고 발아래에는 풀꽃들이 속삭인다. 울창한 오래된 소나무들이 둘러싸고 있다. 주먹만 한 둥근 돌들로 묵주알을 만들어 조성한 '묵주기도길'이 성지의 역사를 말해 준다. 작은 기와 조각으로 쌓아올린 담들이 한 걸음 한 걸음 차곡차곡 정성스레 살라고 말해 주는 듯하다. 한옥 성당에서는 미사가 진행되고 있다. 들어가 뒤에 앉는다. 성체성사로 당신 몸과 하나가 된다. 오늘의 예기치 않은 큰 선물, 구산성지이다.

하남에 새로 자리 잡은 표 샘의 보금자리를 국 샘과 함께 방문하는 날. 일산역에서 8시 30분에 출발, 공덕역에서 갈아타고 다시 50분 넘게 가는 거리이다. 대곡역에서 자리에 앉아 눈을 감는다. 지난주 금요일 고향 방문에 이어 두 번째 장거리 여행이다.

오늘은 화요일, 고통의 신비를 묵상하는 날이다. 묵주알을 돌리지만 주의 기도와 성모송을 음송하는 것은 멀리 가 버린다. "그래, 그냥 5단을 묵상하기로 하자." 하며 죽음을 앞두고 피땀 흘리며 기도하시는 주님 곁으로 간다.

남편과 박종인 갈멜 신부님의 삶이 주님의 죽음의 과정과 겹쳐진다. 이렇게 고통의 신비에 대한 묵상이 50여 분 계속된다. 마스크 속으로는 눈물이 흐른다. 잠시 눈을 뜨니 다음이 미사역이다. 마음을 가다듬는다.

내리고 보니 약속 시간보다 30여 분 이르다. 그런데 역에서 국 샘을 만나니 보호자를 만난 듯 반갑다. 이제 안심이다. 지상으로 올라오니 신세계가 펼쳐진다. 표 샘의 차를 타고 구산성지를 방문하고 음식점에서 미역국 정식을 먹는다. 우리들의 생일잔치를 하는 것 같다.

표 샘의 새 공간으로 들어가니 양양에서 올라온, 요가 샘인 남편이 반긴다. 네 사람이 함께하는 차와 대화의 시간이다. 이 작은 공간이 표 샘의 보금자리 겸 일자리이다. 나는 작은 죽순 그림을 보여 주며 그동안의 한방 치료를 이야기한다. 이제 누구 힘에 의지하지 않고 몸과 마음을 추스릴 때라고, 그림도 그리기 시작했다고 말하며 스스로 다짐을 한다. 선물 같은 하루에 감사!

후배와의 만남 2023.5.4.

호수공원 길, 오피스텔이 시작하는 레이크폴리스의 '오즈' 커피숍 앞에서 성은 씨를 만났다. 이곳에서 만나기까지 2년이 넘게 걸렸다. 이사 온 지 3년째란다. 나와 함께 그림 그린다고 일산으로 이사 온 지가 벌써 그렇게 됐나? 나는 나대로, 성은 씨는 성은 씨대로 각기 다른 길을 가며 노년을 맞느라 느긋하게 앉아 밥 한번 먹지 못했다. 가끔 카톡이나 전화로 상황을 주고받을 뿐, 이제야 이렇게 만났다.

식사를 하며 그동안의 과정을 털어놓는다. 전화로 얘기할 때보다 더 세세하게 와닿는다. 누구의 삶이든 각자의 과정을 통해 인연을 맺고 식구가 되가는 힘듦이 있는 것. 더구나 70대 중반에 겪는 일, 성은 씨만의 또 다른 여정이다. 성은 씨가 《그림, 삶이 되다》를 넘기며 그림을 본다. 자연스럽게 나의 삶이 펼쳐진다. 모든 것을 할 준비가 다 되어 있을 수는 없다. 시작하면서 회복되고 그러면서 한 발짝 한 발짝씩 나아가는 것이 아닐까? 함께 손잡고 붓을 준비하자고 한다.

퇴직 미대 교수가 이제 새로이 그림을 시작하는 것이다. 초보자의 마음으로. 화실 샘의 의견과 시간을 물어봐야겠다.

어린이날 2023.5.5.

비가 내린다. 어린이날에! 우리 재이와 지완이는 오늘 어떻게 지낼까? 생각만 해도 미소가 떠오른다. 재이와 지완이는 우리 가정의 보석, 우리나라의 보물, 장래의 희망이다. 엄마와 아빠, 큰엄마와 큰아빠, 할머니가 응원한다. 하늘나라의 할아버지도 환한 미소를 보내신다.

재이야, 지완아! 대지에 비가 내려 풍성해지듯 사랑을 듬뿍 받고 건강하고 행복하게, 또 씩씩하게 자라거라. 파이팅!

> "마치 언니 손에 이끌려 처음으로 그림의 세계에 입문한 어린이가 된 기분이라 할까요?"
> "어린이와 함께 물감 사고 빵 먹고. 덕분에 어린이날이 즐거웠습니다. 함께 그릴 즐거움도 기다리고."
> "노년 어린이의 삶을 행복하게 지냅시다."

레이크쇼핑타운의 페이펄문구에서 그림 시작을 위해 아크릴물감 준비하고 '빵 굽는 마을'의 빵을 먹고 집으로 돌아와 쉬고 있을 때 주고받은 문자이다. 그래, 이제 다시 어린이, 노년 어린이가 되어 한 발짝 한 발짝 걸음마하듯 시작하자.

찔레순과 아카시아꽃 2023.5.13.

점심 후 정발산을 바라본다. 온 산이 하얗게 아스라해 고향 칠보산이 보이는 듯하다. 향긋한 아카시아 향기가 입에 가득하다. 찔레순의 아삭한 맛이 유혹한다.

혼자서 걷는다. 둘이 가던 옛길을. 군데군데 가족들, 연인들이 앉아서 또는 누워서 5월의 싱그런 향기에 취해 있다. 아이들은 뛰어다닌다. 의자에 앉아서 눈을 감는다. 이름 모를 새들이 노래를 한다. 다시 걷는다. 약간 언덕길을.

몇 년 만에 노오란 애기똥풀꽃들이 반긴다. 좀 지난 찔레순을 따 입에 넣는다. 아삭아삭한 향기가 온 산을, 나의 온몸을 휘감는다. 맨발로 걷는 분들, 흙과의 교감이다. 숲의 치유가 느껴진다. 숲을 벗어나 아스파트 길을 걷는다. 팔각정으로 가는 길, 아카시아 향기다. 그러나 꽃에 손이 닿지 않는다. 한 송이라도 내어다오! 간신히 한 송이 따서 코와 입과 온몸이 하나가 되는 순간, 온 삶이 흐른다. 저 멀리까지 바라볼 수 있는 의자에 앉는다. 혼자 앉기에는 긴 의자, 옆에 짝꿍이 앉아 있는 듯하다. 함께 앉아 있었던 그 시간이 흐른다.

팔각정까지는 못가고 다시 내려와 걷는다. 성당에 머물다 또 걷는다. 찔레순과 아카시아 향기가 정말 오랜만에, 정말 긴 시간을, 정말 한가하게, 정말 시골스럽게, 정말 입속으로 들어간 정발산 산책. 정말 감사한 오늘이다.

꿈 2023.5.20.

꿈속에서 사실같이 처음으로 아빠를 만났다. 내가 그린 50대의 모습으로. 책 본다고 졸다가 아예 침대에 누워 낮잠을 잤다. 그런데 누군지 모르는데, 아마 우리 아이들이 함께 앉았던 것 같다. 아빠가 들어와 너무 반가운 나머지 뒤에서 허리를 껴안고 좋아라 하였다.

기분이 너무 좋아서 아이들한테 무어라고 막 얘기도 한다. 깨어보니 꿈이었다. 한참 그 느낌을 지속시키며 누워 있었다. 그러고 보니 밥을 소파에서 먹으며 음악 프로를 보다가 '그리워' 눈물이 났다. 그래서 잠시 청아공원에 다녀올까 했더니 꿈속에서 나타난 것이 아닐까. 오늘따라 유난히 외롭고 허기지기도 했다. 그러지 말라고, 힘내라고, 젊고 활기찬 모습으로 나타났다 간 것일까? 아니 함께 머물고 있는 것이 아닐까?

울지 말자. 그리워 말자. 그러나 돌발적으로 택시를 타고 청아공원에 갔다.

마주 앉아 눈물이 흐르다가, 마르다가 한다. 주환이 전화에 또 눈물, 아들이 걱정하면 어떻게 하지?

슬퍼하는 사람은 아직 흙이 되지 않았기 때문이다.(토마스 머튼 지음, 오지영 옮김, 《토마스 머튼의 영적일기》, 515쪽)

결국 코로나 2023.5.31.

어제 오늘 코로나로 집에 있는 이틀 동안 제이슨 그린의 《우리는 다시 한번 별을 보았다》를 다 읽었다. 어느 정신건강의학과 전문의의 말대로 "이 책은 아이를 잃은 아빠의 디브리핑* 과정이다. 현실에서는 동생 해리슨을 낳으면서 딸 그레타를 보낼 수 있었지만, 심리적 애도는 비로소 책을 통해 완성되었던 것이다."

나의 심리적 애도는 무엇을 통해 완성되어 갈까? 남은 여정을 주님이 함께하심에 대한 믿음, 희망, 감사일까?

*debriefing : 감정적 기억을 서사적 기억으로 옮겨서 힘든 과정을 객관화하며 관찰해 가는 과정.

공감 2023.6.1.

법정 스님의 《텅 빈 충만》을 꺼내 편다. 곳곳에 연필 줄이 쳐 있다.

무슨 일이건 그저 좋아서 하고, 하고 나서는 잊으면서 늘 자취 없는 마음이라면 그 일에 얽매이지 않을 수 있다. 일을 하면서도 그 일로부터 자유로워 질 수 있다.

2020년 10월 1일 일기에는 마무리 메모가 있다. 매일 일기를 쓰고 일주일에 몇 번은 그림을 그리고, 그 결과를 묶어서 책을 내고 하던 때이다. 그러면서 얽매이는 그 무엇, 즉 자유롭지 못함을 느끼던 이야기들이다. 사실은 지금도 마찬가지이다. 그림을 좀 더 자유롭게 그릴 수는 없을까? 책은 왜 내야 하는 걸까? '삶의 최종 목표'로 가는 길에 도움이 되는 일일까? 아마 그런 심정에 공감을 느껴 줄을 그어 놓지 않았는가 싶다. 좋은 책은 언제 펴 보아도 공감을 느낄 수 있다.

청소

9시 10분경 집을 나서 병원에 들어서니 4명이 기다리고 있다. 목을 검사하고 이틀치 약을 주고 토요일 다시 오란다. 공원 길 흔들의자에 앉는다. 초록빛 나뭇잎들이 싱그럽다. 집에 바로 들어가면 이틀을 꼼짝 못 하는데.

국 샘에게 카톡을 날린다. 끝말은 "은수자 생활 방법은?", "주기도문의 '유혹에 빠지지 않게 하시고' 말씀을 꼭 붙잡고 생활하는 삶이 은수 생활 같습니다." 주기도문은 매일매일 하루에도 수시로 외우는 기도이다. 그래, 매 순간 어떤 결정을 하고 무슨 활동을 할 때 '유혹'인가 아닌가 들여다보는 것이 중요할 것 같다. "이걸 할까? 저걸 할까? 잘까? 말까?"처럼. 평범한 일상 속 아주 사소한 일들에 '유혹'이란 말이 너무 센 것 같지만 그때그때 신중하게 식별하는 것이 국 샘이 말한 '은수 생활'의 비밀이구나. "완전 동의. 중요한 말씀, 명심 또 명심."을 답장으로 보낸다.

사람에게 삶의 여정은 아주 사소한 일상에서 시작되고 마무리된다. 어떻게 생각하면 죽음이란 원자의 조합으로 이루어졌던 어떤 물체가 해체되고 다시 원자로 돌아가 우주에 퍼지는 것이라고 한다. 어느 물리학자가 한 말이다. 우리는 거기에 '영혼'을 넣어 준다. 이렇게 익숙한 말들이 크게 다가온다.

집으로 돌아와 점심을 먹고 쉬다가 한숨 잔다. 일어나니 4시, 오랜만에 청소를 한다. 옛날식으로 문을 다 열어 놓고 빗질을 한다. 땀이 흐른다. 아빠가 쓰던 밀대에 걸레를 고정해 걸레질을 한다. 1시간 30분이 걸렸다. 그리고 목욕을 하고 나니 개운하다. 아주 큰일을 한 것 같은 느낌이다.

나를 위로하는 시 2023.6.12.

잠자리에서 묵상을 하다 늦게 일어난다. 6시가 넘었다. 묵상을 한 1시간은 소중한 시간인가? 혹 소비한 시간은 아닌가? 의구심이 들지만 아무것도 급할 것이 없는 나날 아니던가! 법정 스님의 목소리와 데레사 성녀의 성가가 들려온다.

사람이 하늘처럼
법정

사람이 하늘처럼
맑아 보일 때가 있다
그때 나는 그 사람에게서
하늘 냄새를 맡는다
…
인생에서 좋은 친구가
가장 큰 보배다
…

스스로 하늘 냄새를 지닌 사람은

그런 친구를 만날 것이다

그대가 마음에 살고 있어

날마다 봄날입니다

아무것도 너를

아빌라의 성녀 데레사

아무것도 너를 슬프게 하지 말며

아무것도 너를 혼란케 하지 말며

모든 것은 다 지나가는 것, 다 지나가는 것

…

하느님만으로 만족하도다

이렇게 마음을 위로받고 가다듬으며 하루를 시작한다.

성 안토니오 축일의 하루 2023.6.13.

5시 30분에 집을 나선다. 후곡성당 6시 미사에 가기 위해. 건널목을 지나 걷고 있는데 산책 중인 부부가 말을 건넨다. "어디 가세요?", "후곡성당 미사요.", "아마 새벽미사 없을 텐데요.", "없으면 그냥 산책하죠." 그래, 오랜만에 일산성당으로 가자.

아주 오래전 일산성당 새벽미사에 가곤 했었다. 94년 처음 이사 왔을 때

신도시 어느 곳에도 성당이 세워지지 않아 구도시인 일산성당에 다녔으니까 고향 같은 곳이다. 발걸음이 가벼워진다. 그러고 보니 장날이다. 벌써 준비하시는 분이 계신다.

미사가 시작된다. 안토니오 성인 축일, 일산성당의 주보성인이시다. 안토니오 성인이 보내신 천사가 나를 일산성당에 오도록 인도하신 게 아닐까 하는 생각이 들었다. '잃어버린 것'을 찾아 주시는 성인께서 '나 자신'을 찾게끔 도와주신 것이다. 강론 중에 "녹지 않는 소금이 되지 말고, 자기 속에 빛을 가두어 두지 말고 남을 비추어 주고 빛이 되라."는 신부님의 말씀이 마음에 와닿는다. 그동안 꽁꽁 묶어 두었던 나를 무장 해제하게 하신다.

사제관 앞 안토니오 성인상이 반기신다. 묵주기도길의 성모님과 십자가의 길의 예수님이 반기신다. 오래된 느티나무가 묵묵히 서서 어서 오라고 한다.

2시간이 걸린 오늘의 길이 좀 버겁다. 아파트 앞 흔들의자에 앉아 시장에서 산 옥수수를 먹는다. 바람 소리와 새소리를 들으며 집으로 올라와 아들을 위한 아침상을 차린다. 행복한 아침이다.

살구 나눔 2023.6.21.

살구가 택배로 도착했다. 다섯째 부부의 노고, 하늘과 땅의 보살핌, 거기에 부모님의 사랑까지 들어 있다. 하나를 깨물어 본다. 온몸에 새콤달콤이 스며든다. 몸과 마음이 바쁘다. 입도 연신 바쁘다. 큰애네 사돈댁에 한 봉지를 보내고, 수요일 화실 식구를 위하여 여덟 봉지를 마련한다. 한 봉지는 씻어서 바로 먹을 수 있게 준비, 점심 후 배낭을 메고 화실로 향하는 발걸음이 가볍다.

오랜만에 만나는 화실 식구들, 입안 가득히 퍼지는 살구 맛에 이야기꽃이 핀다. 어제 오후에 딴 것을 하루 만에 먹을 수 있는 이 행복에 감사가 흐른다. 한 봉지씩 들고 나가는 화우들의 모습도 좋다.

이렇게 올해의 살구 나눔이 시작된다. 이제 자두, 복숭아, 대추로 이어질 생각을 하니 가슴이 뛴다. 하늘과 땅, 햇빛과 물, 손을 보탠 식구들의 노고에 감사하는 날이다. 배낭의 무게가 가볍다. 발걸음도 가볍다. 바람이 살랑살랑, 참새가 종종. 익숙한 곳에서의 '독수자'도 좋다.

고해성사 2023.6.27.

안토니오 신부님의 고백성사에 대한 강의 중 글이다.

> 고백은 상담이 아닙니다. 단순하고 간략하게 있는 그대로의 죄를 고백하는 것입니다. … 보속 후 우리 마음을 감사로 채우는 일이 중요합니다.(V.안토니오 지음, 류해욱 옮김,《아주 특별한 순간》, 191-192쪽)

지금까지 나의 고해성사에 대한 잘못된 생각을 바꿔주는 글이다. 고해소에 들어가 짧은 시간에 나의 일을 보고하는 것 같은 성사가 마음에 들지 않았다. 그래서 신부님과 대화하는 면담식을 좋아했다. 어떻게 보면 서강 시절의 헙스트 신부님과 그 후 갈멜 신부님 그리고 성심에서의 면담식이 익숙해져서 그랬던가, 고해소에서 성사를 보지 못하고 미루고 있었던 것이다. 지금도 '본당 신부님과 시간을 맞추어 만나야지.'라고 생각한다. 어쩌면 핑계이다.

그래, 예수님은 다 아신다. 장황하게 설명하지 말고, 합리화하지 말고 단순하고 간략하게 말씀드리자. 그리고 내게 하시는 말씀을 듣자. 내 마음을 감사로 가득 채워서 "괜찮다."고 느끼도록 유혹하는 속삭임을 듣지 말자. '깨끗한 척'하지 말자. 기도하고 말씀드리고 듣자.

가장 힘든 고해성사와 기도, 이제 시작이다. 아니, 희망이다!

주황색 장미 2023.7.6.

창문이 밝아오고 있다. 하루가 시작된다. 바람 소리가 들린다. 서서히 그림의 세계와 내 삶의 여정이 스친다. 이제 아빠가 가신지 6개월. 다시 조금씩 꿈틀거린다. 소박한 나만의 세계와 나의 길이 조금씩 보인다.

5월 초였던가. 몸과 마음이 어지러웠던 어느 날, 호수공원의 장미정원이 깨어나고 있었다. 봉우리를 준비하고 몇 개의 꽃이 피어나기 시작한다. 소박하게 피어나고 있는 주황색 장미꽃이 반긴다. 순수한 흰색도 아닌, 화려한 노란색도 아닌, 소박하면서도 모든 색을 포함한 주황색 장미. 위로 향하지 않고 바닥에 그림자를 드리우고 있다. 햇빛에 감사하면서.

오늘 새벽 눈을 뜨면서 왜 그 장미가 생각났을까? 다시 그림 세계로, 아니 삶의 여정으로 나를 초대하는 것일까? 소박한 주황색 장미로 살자고 나의 손을 잡아 주는 것일까? 그래, 고맙다. 너를 캔버스에 그리며 나의 삶을 보듬어 보자. 대지에 감사하고 보듬어 주는 이유를 사랑하고 빛과 바람과 비를 내려주어 살게 하는 자연에 감사하고 나를 사랑하며 살자. 나의 주님이 곳곳에 함께하심을 감사하며 살자.

호수공원에서 8S oil on canvas 2023

신발, 몸, 옷 점검 2023.7.25.

새벽미사 가는 길, 어제 페이펄문구에서 산 하얀 학생실내화를 신고 걷는다. 공책 사러 갔다가 실내화인 줄도 모르고 산 것, 뒤축이 얇고 약간 크다. 무언가 불편하다. 장딴지가 땡긴다. 갈적 올적 신고 걷다 보니 무릎까지 아프다. 실내화였구나! 토요일, 오랜만의 제자 결혼식에 무엇을 신을까, 무엇을 입을까 걱정하다 첫 점검으로 신발을 샀는데 실패다.

점심 후 화실은 퇴직 전 신었던 검은색 샌들을 신고 간다. 실내화보다는 낫다. 상큼상큼 교정을 걷던 생각에 기분까지 좋다. 매미가 응원한다. 비 온 후 바람까지 동행한다. 그런데 뒤쪽 발등에 조금씩 통증이 오기 시작한다. 이 신발도 아닌 모양이다. 그동안 발과 몸이 편한 운동화에 익숙해진 것 같다. 두 번째 점검도 실패다.

친구 용순이와 그랜드백화점까지 동행한다. 일주일에 한 번 수요일에 용인 수지에서 우리 화실에 온다. 유화에 대한 열정을 불태우러. 신발가게에 잠시 기웃거린다. 이것저것 골라 신어 본다. 사계절용 하나, 여름용까지 산다. 아예 샌들을 벗어 놓고 새로 산 여름용 신발을 신고 집으로 온다. 세 번째 신발 점검, 성공이다. 토요일 제자 결혼식에 신고 갈 신발이다.

두 달 만에 한의원에 갔다. 신발 사러 그랜드백화점에 간 김에 오랜만에 한의원 샘과 대화를 나눈다. 침과 추나 치료는 덤이다. 토요일 제자 결혼식의 송도까지 갈 몸 점검이다. 금요일 4시 예약, 한 번 더 몸에 기운을 불어넣고 가서 제자를 만날 생각에 벌써 설렌다. 화요일에는 퇴직 전 입던 4개의 바지를 줄여 놓았다. 옷 점검이다. 이렇게 오래된 만남과의 새로운 만남을 위해 신발 점검, 몸 점검, 옷 점검을 한 것이다.

그런데 나는 하느님께 가기 위해 그리고 만나기 위해 '나'를 점검하고 있는가? 앞으로의 여정의 목표이지 않을까?

국립국악원(예술의전당) 나들이 2023.8.6.

어제 재이가 색종이 뒷면 흰 쪽에 무언가 열심히 써서 나에게 주었다.

"♡난타북쇼에 놀러 오새(세)요! start 10~11 end. 선생님 최윤재. 무대이름 난타미르. 어디서 국립국악원. 학생 노재이 to 관객. 악보 있음." 다른 종이에는 "덩덩덩, 동동동, 더덩더덩더덩." 등 과정이 자세히 적혀 있다.

모여서 리허설하고 공연은 11시에 시작되었다. 초등 1, 2학년생들 20여 명이 북치는 모습이 감동적이다. 재이는 앞줄 가운데 앉아서 집중하고 있다. 갑자기 할아버지가 오셨으면 얼마나 좋았을까 생각하다가 눈물이 주르륵 흐른다.

난타 소리가 가슴에 울린다. 한 아이, 한 아이, 소중한 보물들이 일주일 동안 이 더위에 모여 연습하고 공연까지 하다니. 매일 지완이 어린이집에 맡기고 다녔을 며느리와 재이 생각에 너무나 고맙고 기특하다.

기다리며 살펴보았던 젊은 엄마와 아빠들 그리고 지완이를 비롯한 그 동생들이나 형아들이 너무 예쁘다. 결혼해서 아기 낳아 키우고 이 새로운 세계를 경험하게 해 주려고 애쓰는 젊은 부부들, 파이팅! 신나는 북소리에 계속 가슴이 뛴다. 끝날 때마다 박수를 열심히 친다. 눈물은 마스크 속으로 들어가 스며든다. 조금 큰 언니 오빠들의 해금과 가야금 연주에 이어 장구까지 계속, 감동의 시간이다. 끝나니 12시가 다 되었다.

햇빛은 쨍쨍하고 배는 고프다. 한정식당 '달'에 예약하고 기다리는 1시간 동안 클래식 음악에 맞추어 춤추는 분수쇼를 보며 예술의전당 시원한 공연장에 앉아 있다. 지완이는 아빠와 엘리베이터를 타고 오르내리며 손을 흔든다. 점심 먹기 전 수고했다고, 고맙다고 며느리와 재이에게 금일봉을 준다. 식사 후 지완이의 졸리운 눈, 곰돌이를 베개 삼아 잠이 든다. 깨어서 꿈꾸는 듯 바라보는 모습이 예쁘다.

우리 넷은 계속 먹는다. 다 비울 때까지. 지완이를 아빠가 안고 주차장으로 간다. 아들 뒷목에 땀이 흐른다. 아빠는 아빠다. 나를 경의중앙선 한남역에 내려 주고 간다. 나는 차로 데려다 주는 것보다 지하철이 편하다고 말한다. 아들 부부도 가서 쉬어야 하니까. 나도 아들과 며느리를 걱정하는 엄마다!

집에 와서 씻고 쉰다. 나의 일상으로 돌아온 시간. 어느새 자라서 이 할머니를 자기 공연에 초대하다니, 재이가!

새 책   2023.9.5.

정환이가 일주일 만에 왔다. 약하지만 코로나 때문에. 오랜만에 집밥을 먹는다며 맛있게 먹는 모습이 뿌듯하다. 최대환 신부님의 《계절과 음표들》이라는 신간을 건네준다. '마음을 일으키는 힘'이라는 부제가 붙어 있다. 계절에 읽기 좋은 책과 음악 이야기를 열심히 전해 주시는 모습이 보인다. 신부님 특유의 목소리가 들린다. 각자의 자리에서 최선을 다해 살고 있는 아름다운 여정! 한동안 행복한 책과의 만남이 이어질 것이다. 아직도 오른쪽 귀에서 "깨어 있으라."며 윙윙거린다.

이명 2023.9.11.

새벽 잠자리에서 일어나 집에 갖고 있는 그림들을 돌아본다. 개봉동에서 아버님이 은행 로비에서 구입했다며 사 갖고 오신 민화 그리고 일산 살기 시작한 시기에 300만 원에 구입한 강영숙 씨의 오빠 그림. 일어나자마자 안방에 덮어 놓은 그림을 꺼내 본다. 아, 아빠의 친구 어머니가 그려 준 포도 그림도 있네. 이렇게 시작한 그림 정리가 정환이 오기까지 진행된다. 두 시간 동안 뽑아낸 그림이 30여 점이 된다. 샘 그림, 신 화백 그림, 조광호 신부님 작품 등등. 어느 때 집에서 소장품 전시 모임을 해도 되겠네.

정환이와 아침 먹으며 이명에 대해 얘기한다. 일요일 새벽미사에 만난 자매가 한 얘기를 한다. 복음병원 맞은편에 있는 어느 병원에서 이명을 고쳤다고. 검색을 하더니 해븐리병원이 이명과 어지럼증을 고친다고 되어 있다고 한다. 그래서 11시경 병원을 갔다.

신경과가 여섯 군데나 있다. 제2진료실에서 젊은 여의사를 만난다. 원인은 뇌와 귀 부분일 가능성. 여러 검사를 거친다. 오른쪽 귀에 청력이 떨어진 지도 몰랐다. 정환이와 '장수촌'에서 냉면을 먹고, MRI도 찍고 의사를 만났다. 뇌와 혈관은 아무 이상이 없다. 오른쪽 귀가 오래전에 중이염을 앓은 흔적은 있는데 기억이 안 난다. 5일분의 약 처방을 받고 집에 걸어서 오니 4시, 5시간의 여정이다.

같은 상처를 겪고 있는 국 샘과 통화, 결국 약은 소용이 없고 일주일에 한 번 정도 한의원 치료를 유지하기로 한다. 그래도 이른 저녁을 먹고 약 한 봉지를 먹어 본다. 약의 자극이 심하다. 버린다. 편안한 마음으로 받아들인다. MRI 찍어 감사하게도 뇌에 이상이 없음을 안 것이 다행이다.

정발산성당 2023.9.28.

목요일 새벽미사에 걸어간다. 성당에 가까이 가니 벽이 보인다. 담장이 덩굴 위로 두 개의 불빛이 켜져 있다. '성당 로고'와 '천주교 정발산성당' 글씨가 보이고 불빛이 비친 부분과 어둠이 교차하는 것이 아름답다.

올해로 정년을 맞으시는 김영남 다미아노 신부님께 마지막 성당 사목지의 기념으로 그림을 드리고 싶어 사진을 찍는다. 그 사진은 낮잠 자고 일어나서 4시경부터 스케치. 어느 정도 윤곽을 잡았다. 어떻게 완성되어 갈까 궁금하다.

청아공원 방문

둘째네 네 식구가 와서 점심을 먹고 송편 놀이를 한다. 4시경 찔 것이 남았는데 청아공원으로 출발, 방문객이 많다. 아빠가 아무 말 없이 우리를 맞아 준다. 재이의 편지를 받고 미소 지으시겠지!

사랑해요. 고마워요. 건강하게 납골당에서 사세요. 노재이 올림.

어린이의 마음을 닮고 싶다. 오다가 '메밀꽃이 피었습니다'라는 간판의 음식점에서 메밀소바를 먹는다. 남편이 가장 좋아하시던 음식이다. 집에 와서 송편을 마저 찌고 마무리한다. 지완이의 뛰는 모습이 조마조마, 몇 번 넘어진다. 크게 다치지는 않았다. 감사.

재이가 식구들이 낮잠을 자는 동안 그림을 그린다. 나는 바라보고. 송편

김영남 신부님과 정발산성당
3F oil on canvas 2023

으로 담을 그리고 써놓기를 '송편 담~길' 더구나 ㅇ과 ㅁ은 송편같이 칠해 놓았다. 우리 재이, 멋지다.

추석 2023.9.29.

과일과 전으로 간소한 차례상을 차려 제사를 드리고 추모 기도를 바친다. "세상을 떠나신 노범률 바오로와 강희순 요안나 그리고 재이, 지완이의 할 아버지이며 정환이와 주환이의 아빠이며 나 젬마의 남편이신 노순창 아오 스딩을 기억하며 기도합니다. 사랑과 자비의 주님, 이분들을 돌보시어 함 께하시니 영원한 안식을 누리게 하소서. 저희는 저희를 있게 하신 이분들 께 감사를 드리며 우리 모두 사랑으로 하나 되어 그 은혜에 보답하게 하소 서. 추석을 맞아 주님께 감사드리는 저희의 기도를 기쁘게 받아 주소서. 우 리의 그리스도를 통하여 비나이다."

정성스럽게 차린 음식을 바라보며 "어서 오소서. 차린 음식을 맛있게 드 시고 사랑으로 보살펴 주소서. 아멘." 하고 기도를 드린다.

공연히 눈물이 난다.

성묘 2023.10.1.

정발산성당에서 새벽미사에 세 분의 연미사를 드린 후 아침 간단히 먹고 9 시 지나서 고향으로 출발한다.

칠보산 부모님 묘소에서 제사를 드린 후 수담농장으로 간다. 어찌된 일

송편담길 3F oil on canvas 2023 노재이 그림

인지 대추나무가 수상하다. 대추는 떨어지고 잎도 추수 끝난 11월의 풍경이다. 어떤 아픔이 있었던 것일까? 둘째, 넷째, 다섯째가 한 팀, 첫째와 여섯째가 다른 팀이 되어 산책한다. 개발되고 있는 봉담2지구를 한 바퀴 돌고 개천가를 거닌다.

돼지감자가 키 큰 노란 뚱딴지꽃을 피우며 흔들거리고 있다. 추수를 앞둔 황금 들판이 좋다.

보청기 2023.10.6.

백병원 이비인후과에서 10월 23일로 예약하고 공원으로 나선다. 3년 전 고관절 수술 후 아빠는 휠체어 타고 나는 밀며 산책하던 곳이다. 노부부가 공원 의자에 앉아 있다. 버스가 다니고 택시가 손님들을 기다리고 있다. 그랜드백화점 방향으로 걷는데 앞에 충미 씨가 마주 온다. 동행이 생긴 것이다.

길 건너 가다 보니 큰 상가 건물에 '대한보청기' 간판이 보인다. "들어가 알아볼까?" 이명으로 시작해 MRI 찍고 청력 검사하고서야 오른쪽 귀가 잘 안 들린다는 사실을 알았다. 남의 얘기 같던 보청기가 나의 관심사가 되었다. 한편으로는 지금까지 잘 듣고 살았으니 이제는 덜 듣고 덜 말하고 침묵하며 살아가는 것도 괜찮지 않을까 생각했다. 그러나 아직 소통하며 살아가야 하는데 주위 사람들을 불편하게 할 수는 없지.

인상 좋은 상담사가 청각 검사를 하고 상태를 자세히 설명해 준다. 결국 오른쪽 보청기만 먼저 하기로 해 220만원을 결제하고 둘이 나온다. 10여 일 걸리고 착용 후에도 보정 기간이 필요하단다. 하여간 계획한 것은 아닌데 바로, 오늘 여기서 결정하고 보청기를 맞추게 된 것이다.

돼지감자꽃이 핀 고향 풍경 4F oil on canvas 2024

큰애 부부가 저녁에 왔다. 보고를 하니 "잘 하셨어요." 한다. 이렇게 이명 때문에 이비인후과에 예약했는데 병원도 안 가고 보청기를 하게 되었다. 일단 오른쪽만 착용하지만 벌써 '귀 친구'를 통한 새로운 들음의 세계가 궁금해진다.

이렇게 하루하루 예기치 못한 일들이 생기고 그것이 모여 나의 여정이 이루어진다. 여기에는 의탁할 수 있는 손길이 있음을 믿는다.

웃음이 절로 나네 2023.10.9.

아침부터 바쁘다. 어제 사 온 돼지고기 앞다리살 크게 썰고 고구마도 듬성듬성 썰고 묵은지와 매실 엑기스, 물 넣고 푹푹 끓인다. 먹어 보니 맛있다. 큰애가 "엄마, 맛있어." 하며 먹을 생각을 하니 신이 난다. 넷째 동생네 농장에서 가져온 미나리, 부추, 고추 썰고 양파, 표고버섯 넣고 부침가루로 버무려 야채전도 완성한다. 여기에 어제 월동 납작배추에 감과 과일까지 넣어 만든 겉절이까지 곁들인다. "오늘 아침은 근사하겠다." 하며 기다려 보지만 8시 40분이 되어도 오지 않는다. 명희가 늦게 출근하나?

기다린다. 그러다가 "아, 오늘이 한글날 휴일이구나." 세상에! 웃음이 절로 난다. 휴일에는 아들이 며느리와 자기 집에서 먹는 날이다. 혼자서 먹기에는 차려 놓은 것이 너무 많다. 오늘은 제주에서 올라온 강 샘 그리고 송 샘과 점심을 먹기로 해서 아침을 많이 먹으면 안 되는데. 이것저것 하다 보니 설거지거리도 많다. "내일 먹으면 되지 뭐." 하며 냉장고에 넣는다.

휴일인지도 모르고 어제부터 마트 가고 이것저것 준비할 것 생각하고 아침기도하기 전에 김치찌개 끓이고. 정신 차려라, 권영순! 그래도 좋다. 먹으러 올 아들도 있고 항상 통화할 재이와 지완이도 있고. 좋다, 좋아. 노년의 일상이 좋다. 가끔 함께 살 때가 그립지만 그리움은 사랑이라 했던가. 사랑하면서 살자. 그리고 그 사랑을 살아갈 수 있는 목표들을 조금씩 세워 보자.

씨앗과 낮잠 2023.10.10.

잠언과 신명기를 소리 내 읽고 《하느님을 기다리는 시간》(토마시 할리크 지음, 최문희 옮김)을 읽다 보니 졸음이 온다. 갑자기 케일을 사 먹지 말고 심어 보는 것이 좋겠다는 생각이 든다. 빈 화분에다 심어 키워 먹자. 호박 새싹을 심어 자라는 것을 바라보며 사진 찍고 그림으로 기록하며 얼마나 기뻤던가! 호박 일기까지 남기며 전시도 했지. 낮잠 자며 보낼 것이 아니라 산책도 할 겸 일산시장에 가 모종을 사서 심자. "어떻게 그렇게 좋은 생각을?" 하며 집을 나선다.

신도시와 구 일산을 잇는 지하보행로를 걸어 구시가지로 넘어간다. 정겹다. 장날이 아니어서 사람들이 많지 않다. 저 앞에 모종 가게가 보인다. 그런데 케일이 없다. 시기가 지나 지금은 주로 배추와 상추, 무 모종 등만 남아 있다. 그래, 그냥 씨앗을 사자. 여러 가지 상추, 케일, 시금치 씨앗을 산다. 만원. 사 먹는 게 나을까?

이왕 왔으니 한 바퀴 도는 것도 좋을 것 같아 시장 속으로 향한다. 그릇 가게가 보인다. 30여 년을 다녔어도 한 번도 안 들어가 본 곳이다. 들어가니 엄청 넓은 곳에 각종 그릇들이 가득하다. 어머니가 쓰시던 작은 양은냄비를 하나 산다. 오래되고 건강에 나쁘다며 아들이 버리라고 하는 바람에 치우고 나니 그 냄비가 아쉽고 그리워지기까지 했었다. 그리움을 다시 품은 것 같은 느낌이다. 통화 중인 쌀집 아저씨에게는 손인사만 하고 통과한다. 생강편과 건포도를 산다. 한 바퀴 돌고 보니 한번 갔던 보신탕집이 보인다. 들어가 한 그릇 시킨다. 남자 노인들이 여러 명씩 아니면 혼자서 먹고 있다. 여자 노인은 나뿐이네!

잘 먹고 다시 걷는다. 일산역에 들러 화장실도 가고 숲길로 들어선다. 집으로 돌아와 바로 심을까 하다가 몸을 생각해서 오늘은 사 오는 날로 하고 다음날에 심기로 한다. 화분도 정리해야 하니까. 책상에 앉아 책 읽는 척하다가 졸고 있다. 머리가 띵하다. "그래, 자 줘야지. 머리를 쉬게 해 줘야지." 하며 낮잠을 잔다. "1시간만 자게 해 주세요." 했지만 일어나니 5시가 넘었다.

낮잠 자지 않고 씨앗 사러 산책에 나섰다가 씨앗과 점심은 해결했지만 결국 늦은 낮잠을 잤다. "괜찮아, 괜찮아." 하며 일어나 이 기록을 쓰고 있다.

행복한 날 2023.10.13.

그림 놀이

이젤들을 나란히 놓는다. 물통도 더 꺼내 놓고. 이제 재이와 지완이가 각각 다른 이젤, 다른 캔버스에서 그림을 그린다. 재이 아빠는 바라보고 있고 나는 점심 준비에 바쁘다.

두 개의 작품이 나란히 놓인다. 아빠는 붓과 물통 정리를 도와주고 엄마가 들어가 사진을 찍는다. 세상에, 두 개의 독특한 작품! 나도 사진을 찍으며 내 전시 때 아이들 코너를 마련해야겠다고 말한다. 이렇게 오늘은 오자마자 그림 놀이로 시작한다.

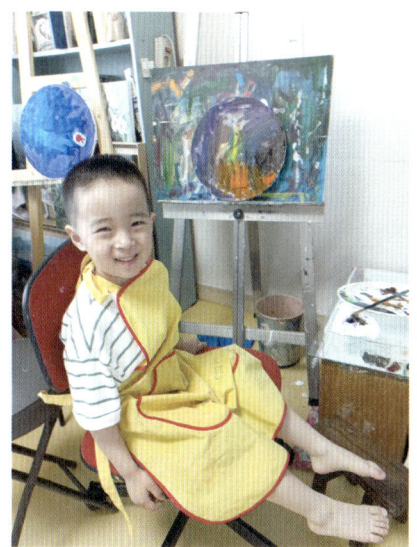

재이와 지완의 그림 놀이

김치 놀이

지완이와 엄마가 1시경 자러 들어가고 재이와 나는 소위 '김치 놀이'로 새로운 놀이를 시작한다. 어제 사다 놓은 무와 배추로 깍두기와 물김치를 만든다. 재이는 쌈배추와 부추 씻기로 놀이를 시작한다. 그리고 썰어 놓은 재료들에 양념을 넣어 무치더니 젓기 시작하고 통에 담는 것까지 놀이로 즐긴다. 모든 일은 놀이인 것을 왜 몰랐을까? 재이가 나의 인생 스승이다.

통에 다 담고 정리하니 지완이가 함박 웃으며 방에서 나온다. 2시간 잘 자고 나서. 그동안 재이와 나의 김치 놀이로 깍두기와 물김치가 완성된다. 재이와의 새로운 놀이, 김치 놀이를 시작한 날이다.

방방 놀이

지완이가 나를 끌고 안방으로 들어간다. 침대 위로 올라가 방방 뛰다가 멈추는 놀이를 한다. 나는 지완이 손을 잡고 함께 노래하고 지완이는 뛰다가 멈춘다. 그리고 엉덩이를 하늘로 향하고 엎드린다. 내가 엉덩이에 뽀뽀하고 토닥거리면 깔깔대며 웃는다.

재이는 "내가 피아노 칠게." 하며 피아노를 쳐준다. "그대로 멈춰라…" 서툰 솜씨지만 그래도 대견하다. 음악이 안 맞으니 지완이가 노래를 하며 웃는다. "즐겁게 춤을 추다가, 그대로 멈춰라!"

함께 그리고 홀로 2023.10.18.

> 이른 아침에 잠에서 깨어 너를 바라볼 수 있다면
> 물안개 피는 강가에 서서 작은 미소로 너를 부르리.

잠에서 깨면 아침부터 핸드폰을 켠다. 시간을 보기 위해서이다. 누군가 잠을 푹 자려면 시계가 보이지 않아야 한다고 해서 눈에 보이는 시계를 치워 버리고 난 후 붙은 습관이다. 10분 전 6시. 시간 확인 후 오늘은 핸드폰의 갤러리까지 누른다. 오랫동안 나의 삶의 흔적과 기록이 담겨 있는 곳. 그림, 사진, 전시 작품에 쓴 짧은 글들, 좋은 글귀와 시들이 나를 반긴다.

"이른 아침에 잠에서 깨어…" 남편과 둘이 침대를 쓰기 전에도 나는 눈을 뜨면 이 노래를 흥얼거렸다. 예전에도, 지금도, 아마도 앞으로도 그럴 것 같지만 가사를 잘 외우지 못하는 나는 노래를 시작만 해놓고 "그 다음은?" 하며 옆에 누워 있는 남편에게 묻는다. 그러면 기억력 좋은 남편은 그 다음 구절을 노래 부른다. "너를 바라볼 수 있다면…" 나도 따라 부른다.

이렇게 둘이 함께 이 노래를 부르며 이른 아침에 잠에서 깨어 서로를 바라볼 수 있음에 감사하곤 했다. 이 일이 벌써 그리움으로 변하고 혼자 깨어 일어나 이 기억을 추억하고 있다. 언젠가 이 순간도 그리워할 때가 있겠지.

"함께 있을 때가 좋지만 혼자도 지낼 만 하네."라고 할 수 있도록 잘 지내자!

자화상 2F oil on canvas 2023

낙엽 2023.11.2.

공원 길을 걷는다
낙엽들이 춤을 추듯
날며 떨어지고 있다
기쁘게 즐겁게
자기의 소임을 다하고
이미 떨어진 친구들 위로
떨어져 힘을 합친다

아주머니가
바람을 날려 낙엽을 모으고
쓸어 부대자루에 담는다
한쪽에 부대자루가
가지런히 쌓여 있다

어느 때 트럭에 실려
어딘가에 모아지겠지
서로 의지하고 부대끼며
온몸이 사그라져
자연만물 생명의 거름이 되겠지
거름부대에 담겨 곳곳으로 옮겨져
생명을 먹여 살리는 역할을 하고
즐거이 기쁘게 당연히

자기 몸을 바쳐 희생하겠지
사랑으로

예수님도
우리 모두도 나도
소임 다하고 떨어지는 낙엽이다
기쁘게 즐겁게
당연히 떨어진다

어느 겨울날
늦게까지 나무에 매달려
혹독한 추위를 견디는 잎도 있다
그러나 어느 이른 봄날
새싹이 고개를 내밀며 인사하면
"안녕" 하고 홀로 떨어져
추위에 떠는 새싹을 살포시 덮어준다
이불처럼 포근하게

어느새 새싹이 자라 올라오면
더 밑으로 내려가
대지에 입을 맞추고 녹아들어간다
"잘 자라라. 안녕" 하며 응원도 하고
늦게까지 매달렸던 낙엽의 소임이다

공원 길을 걷는다
낙엽을 밟으며
낙엽과 하나된다

걷기

저녁 먹으러 큰애 부부가 왔다. 카레와 김치찜을 맛있게 먹고 간다. 집까지
걸어가려면 1시간이 걸린다. 운동할 시간을 따로 내지 못해 며칠 전부터 출
퇴근을 걸어서 한단다. 앞으로 얼마나 많은 결심을 하고 실행하고 변경하
고를 반복할까? 그것이 삶의 여정이 아닐까? 그런 과정에서 깨닫고 성숙해
지겠지.

안셀름 그륀 신부님은 "인생이라는 등산길에서 산에 오르는 것 자체가
하느님을 향한 기도"라고 하셨다. 그러니 걷는 것 자체가 기도이다. 우리가
속한 자연 안에서 찬미하며 한 걸음 한 걸음 걸어가는 것이 살아가는 여정
그 자체인 것 같다. 걸으면서 살아 있음을 느끼며 감사하는 것이다.

나와의 만남   2023.11.6.

정환이가 왔다. 비바람이 불어 차를 갖고 머느리 출근시키고 아침도 먹고
엄마에게 "안녕!"도 할 겸 온 것이다. 루멘의 예약이 11시라며 느긋하다.

나는 나와 만난다. '뜰' 전시 오픈 날 내가 한말씀하는 순간을 이상현 샘
이 찍어 보내 준 사진을 본다. 내가 아닌 다른 사람의 시선으로 나를 바라

본다. "아, 요즈음의 내 모습이 저렇구나." 왠지 생소하다. 훗날의 내 모습 같기도 하고. 그러면서도 지금 내가 이렇구나 하며 바라본다. 그대로 인정한다. 바꾸고 싶은 마음도 없다. 어쩌면 이 여정을 그대로 받아들이고 즐기고 있는지도 모른다.

흰 머리카락을 그려 넣는다. 벌린 입 속에서 이가 보인다. 입술은 분홍색으로 칠해 보기도 한다. 창백한 얼굴에 점도 그려 넣는다. 한말씀할 때 사용한 마이크는 생략한다. 옆모습으로 누군가를 향해 이야기하고 있는 나. "앞으로 잘 지내자." 하며 내가 나에게 이야기하고 있는 것은 아닐까? 정환이는 가고 11시가 넘었다. 나와의 만남이 너무 길었나?

다섯째 뽀담이가 전화를 한다. 이번 주 목, 금요일에 김장한단다. 씩씩한 우리 동생, 가서 함께하고 싶지만 만나기로 한 셋째 주 월요일까지는 참아야 할 것 같다.

가장 만나고 싶고, 가장 오래 만났고, 가장 나중까지 만날 자매들이다. 우리 아이들과 함께 자매들과의 만남이 나를 살게 한다.

추억의 그림 2023.11.7.

개봉동에서 ME 식구들과 기타 배우던 악보를 정리하다 그 속에서 아들 주환이가 색연필로 그려 '노순창'이라고 쓴 그림이 나왔다. '87. 5. 4 노주환'이라는 내 글씨도 보인다. 또 한 장은 권영순을 그린 그림이다. 정환이가 그린 것인지 주환이가 그린 것인지 모르지만 잘 그렸다. 그 옆에 자동차와 배가 그려져 있는 걸 보니 영종에 갔다 온 것을 표현한 것 같다. 87년이면 정환이가 일곱 살, 주환이가 다섯 살. 학교 들어가기 전이다.

아들이 그려 준 우리 부부 1987.5.4 노주환 그림

악보를 정리하다가 귀한 그림을 찾은 것이다. 사진을 찍어 저장한다.

바보들의 늦가을 산책(서울대 관악수목원) 2023.11.9.

관악역에서 국 샘과 만나 주차장에서 대기하고 계신 박 신부님 차에 오른다. 지금까지 가 본 식당 중에서 가장 높은 곳에 위치한 식당에서 보리수 한정식으로 점심을 먹고 내가 챙겨 온 대추 4알, 귤 3알, 초콜릿 세 개로 후식을 한다. 출발한 지 10여 분이 안 돼 서울대 관악수목원 주차장에 도착해 가을 산책을 시작한다.

후식 먹을 때 국 샘이 던진 충격적인 한마디가 계속 맴돈다. 별안간 옆에 앉아 계신 박 신부님께 "바보야." 한다. 놀라 쳐다보는 우리에게 자기가 방금 만들어 낸 단어라며 '바로 보고 싶은 사람'이란 뜻이란다. 한바탕 웃는다. 김수환 추기경님의 '바보'라는 말도 떠오른다. 그래, 우리는 서로 '바보'가 되자.

바스러진 낙엽 길을 걷는다. 새소리, 물소리를 들으며 바람에 떨어지는 낙엽을 바라본다. 국 샘이 사 와 신겨 준 올록볼록 지압 양말의 감촉이 모래 위를 걷는 느낌 같다.

바보들의 이야기와 자연의 소리가 합쳐 퍼져 나간다. 향기롭고 싱그런 공기가 폐 속에, 마음에 깊숙이 머문다. 얼마를 걸었을까? 홀로 그리고 국 샘과 손을 잡고. 서울대 근처에서 넘어오는 입구가 보인다. 앉아서 쉴 수 있는 의자와 벤치가 있다. 신부님은 에스프레소 커피, 나는 국화차, 국 샘은 아메리카노 그리고 초콜릿. 국 샘이 준비해 온 3시경의 티파티이다.

다시 걷는다. 우리가 들어온 입구를 향하여. 오솔길로 들어선다. 각 나무

서울대학교 숲속에서 4F oil on canvas 2025

마다 이름이 붙어 있다. 학교 수목원답다. 신부님이 우리를 웃기신다. '나무'라는 단어를 중심으로 읽다 보니 '리기다 소나무'는 '리기다소 나무'라고 읽어 한바탕 웃는다.

70의 젊은(?) 신부님 운전 덕분에 관악역에 도착, 친절한 국 샘은 내가 지하철 타는 것까지 보고 "바이바이." 하며 버스 타러 간다. 이제 용산까지 가서 갈아 타고 눈 감고 앉아서 쉬면 일산에 내릴 수 있겠지.

또 다른 낙엽 길을 걸어 집에 와서 도착 보고를 하며 사진들이 오간다. '바보들의 산책' 보고 시간이다. 수목원 길을 내려오며 국 샘과 활짝 웃는 사진을 갤러리에 지장한다. 신부님의 작품이다. 오랜만에 맘에 드는 사진이다.

사라진 이명 2023.11.13.

기찻길 옆 숲길을 걷는다. 걸음이 가볍다. 국 샘이 준 양말 때문인가? 서울대 수목원의 향기가 그립지만 이곳을 걷는 것도 좋다. 40여 분 걸어 미용실에 도착해 반가운 인사하고 시원하게 헤어 컷! 또다시 골목길을 걸어 집으로 향한다.

루멘 스튜디오에서 일하는 아들 모습을 창밖에서 바라본다. 감사하며 다시 길을 걷는다. 멀리 성당 쪽을 바라보고 건널목을 지나 친숙한 공원 길을 걷는다. 환희의 신비 묵주기도를 마무리한다.

"다녀왔습니다." 대답 없는 인사이다. 갈 때보다 5분 적게 걸렸다. 간단히 먹고 씻는다. 잔머리카락이 남아 있는 몸에 따뜻한 물이 뿌려진다. 이렇게 해서 작은 힘듦이 사라진다.

그런데 갑자기 느껴진다. 이명을 거의 느끼지 못한 것이다. 요 며칠 사이에 그것도 걸어서 나갔나?

강화도 일주 2023.11.14.

영숙 씨와 삼촌에게 쌀 나눔 하려고 11시경 주차장에서 만났다. 쌀을 실은 후 삼촌이 강화도로 차를 몬다. 쌀 나눔 모임이 하루 여행이 된 것이다.

'봄날의 정원'에서 점심 먹고 '큰나무캠프힐'로 차를 몬다. 그동안 삼촌이 검색하고 가 보자고 한 곳이다. 인천가톨릭대학교 정문을 지나 동네 길로 올라가니 다섯 동 정도의 집들이 산자락에 있다. 그중 한 곳이 카페 '발달 장애 청년들의 일터, 꿈터, 삶터'라고 되어 있다. 1976년부터 '함께 가는 특수교육센터'로 시작해 광명, 부천을 거쳐 지금의 강화에 터를 잡고 있다.

그동안 많은 분들, 특히 부모들과 아이들의 애씀이 보인다. 어느 아빠가 갖고 있던 것을 설치해 만든 음악 감상실에서 직접 기른 꿀차를 마신다. 밖에서는 청년들 4명이 일을 하고 있다. 가끔 신학교 학생들의 쉼터가 되기도 한단다.

며칠 전에는 사제이자 화가로 활동하고 계신 조광호 신부님께서 다녀가셨다고 한다. 강화도에 작업실 겸 갤러리를 꾸미셨다고 들었다. 주소를 받아가지고 삼촌이 차를 몬다. '동검도 채플&갤러리'(강화군 길상면 동검길 114)로 모섬과 연결된 작은 섬에 아지트를 꾸미신 것이다. 바다가 바라보이는 아주 작은 채플이 인상적이다. 은은한 소리가 머문다. 갤러리 1, 2층을 둘러본다. 두 분이 바다를 바라보며 책을 읽고 있다.

다음 목적지는 외포리를 거쳐 평화전망대. 오늘은 강화도 일주 날이다.

물(임진강과 한강이 바다와 만나는 곳) 건너 코앞에 북한이 보인다. 다시 내려오니 5시가 넘었다. 삼촌이 걷기 불편해 하는 영숙 씨에게 '꾀병'이라는 말로 자극을 주며 돌보는 모습이 식구 그 이상이다. 나보고는 영숙 씨가 혼자 할 수 있으니 그냥 놔두라고 한다. 30여 년 함께함의 아름다움이다.

다시 한참을 달려 강화 명물 '젓국 돼지갈비전골'로 저녁 식사까지 하니 오늘은 삼촌의 풀 서비스 강화도 일주 날이다.

비와 그림 2023.11.16.

하루 종일 비가 내린다
하루 종일 그림을 그린다
농장에서 호박을 들고 있는
넷째 동생을 그린다
나의 삶을 바라보고
동생의 힘듦을 아파한다
각자의 삶의 여정에
사랑이 흐른다
비가 내린다
그림을 그린다

까치골 농장에서, 넷째 동생 6P oil on canvas 2024

제네시스 2023.11.18.

아침 5시 40분경 성당 가려고 차를 후진, 다시 전진하다가 뒤에 있던 봉고 차를 긁는다. 오른쪽 뒷면이 긁히고 내 차는 오른쪽 옆이 많이 긁혔다.

주환이에게 얘기해서 같이 나갔다. 차 앞의 전화번호로 전화하니 앞집 1903호 아저씨가 나온다. 회사 차란다. 회사 가면 쉽게 고칠 수 있으니 걱정 말란다. 그리고 어느 때 내 차 제네시스를 파실 의향 있으면 알려 달라고 한다.

주환이 왈, "이제 운전 그만하지." 2020년 어느 날 들은 말이다. 올해 보험료 냈으니 조심할게!

제자 근비 2023.11.21.

홍대입구역 3번 출구에서 11시 30분경 근비를 만난다. 얼마 전 부부가 퇴직한 후 미국으로 장거리 여행을 떠난 60이 다 된 제자이다. 치과 치료를 위해 잠시 들른 것이다. 다음 주 중 돌아가기 전 반가운 만남이다.

손을 잡고 젊은이들의 거리를 걷는다. 옛날 기찻길이 있던 곳, 나는 마포에서 자취할 때 서강대 옆 기찻길을 걸어 집에 갔다. 철로 위를 걷다가 파출소에 끌려갔던 추억의 기찻길이 지금은 젊은이들의 명소가 된 것이다.

미리 검색해 온 '라멘'집에서 특별한 음식을 먹는다. 어느 때인가 남편과 일본 나고야 갔을 때 찾아가서 먹던 라멘집. 그리움의 음식이다. 그 옆 빵 카페에 앉아 이야기는 계속된다. 작년 12월쯤 내 책의 가판 한 권을 갖고 떠났던 생각이 난다. 1년 동안 지낸 이야기와 신앙의 삶에 대한 대화가 계속된다. 이제 60이 다 되어 인생 후반 끝자락 여정을 시작한, 더불어 사는 나의 동행이다. 다시 가서 아르헨티나 한달살기를 계속 할 예정이란다. 나는 그대로 일산의 오래된 아파트에서 주어진 삶의 여정을 '함께 그리고 홀로' 살고.

주어진 나날을 어떻게 받아들이며 살아갈지, 우리에게 주실 시간이 무엇일지 모르지만 하느님을 기다리는 시간이 될 수 있도록 손을 꼭 잡았다가 놓으며 헤어진다. 잘 지내라 근비야, 고맙다.

화실 정리 2023.11.22.

화실에 들어선다. 화실 샘과 명진 씨가 앉아서 얘기 중이다. 각 사람별로 짐을 챙겨 놓았다. 오랜 동안의 고향 같은 이 공간과 샘, 사람들, 물감 냄새가 증발하고 있다. 샘은 내일 암센터 검사 들어갈 예정이다.

"달릴 길을 다 달리고 다음 단계로 넘어가는 샘에게 또 다른 준비한 길을 달릴 수 있도록 손을 붙잡아 주소서. 기다림을 주소서. 그의 숨은 힘을 발휘할 수 있도록 기회를 주소서. 성 요셉님, 당신께 매달립니다. 당신의 목공도구를 다시 사용할 수 있게 옆에서 함께해 주소서. 당신이 성모님과 예수님을 돌보셨듯이 샘이 가족과 함께 더 지낼 수 있도록 사랑으로 보살펴 주소서. 이경준 바오로입니다."

재이네서 1박 2일 2023.11.23.

간단히 점심하고 1시 출발, 옥수역에서 3호선 갈아타고 고속터미널역에서 7호선을 탄다. 자양(뚝섬한강공원)역에서 며느리 주리와 만나 둘째네 집으로 간다. 집이 어린이집 같다. 매트가 깔려 있고 책, 장난감이 집 안 가득이다. 주리와 그동안 못한 얘기를 나누고 지완이와 재이를 데리러 출발한다.

두 보물의 손을 잡고 집으로 온다. 일산에서의 놀이와는 다르다. 지완이는 조립 놀이, 재이와는 카드 놀이. 아들이 퇴근하고 와 만두와 칼국수로 외식을 한다. 날씨가 춥다. 재이는 숙제도 하고 지완이는 떼도 쓴다. 9시경 우리 셋이서 잠자러 방으로 들어간다. 그런데 잠은 침대 저편으로 물러가고 둘이 계속 침대에서 논다. 엄마 아빠의 야단치는 소리도 저리로 날아간다. 지완이는 엄마가 데리고 가 재워 보려고 하지만 할머니와 함께 자다가 환경이 바뀐 탓인지 밤새도록 자다 깨다 울다가 한다.

5시경 일어나 거실 식탁에 앉아 있다. 오늘의 말씀을 읽는다. 예수님 모습이 바라다보이는 가까운 곳에 성당이 있지만 갈 수가 없다. 출입문 비밀번호도 모르고 깨우기가 뭐해서! 욥기를 중간부터 읽어서 34장을 읽으려고 하는데 7시경 재이와 지완이가 깬다. 어제 사 온 떡으로 아침 식사를 한다. 회사 휴가인 아들은 재이 데려다 주고 학교 길 교통정리를 한다. 재이의 학예회에서 만나기로 한다.

지완이의 어린이집 등교는 전쟁이다. 가기 싫은지 옷을 안 입으려고 떼를 쓴다. 오늘이 특별한지, 매일 그런지 며느리의 애쓰는 모습이 안쓰럽다. 지완이 편을 들 수도 없고 잠시 방에 들어가 귀를 막고 눕는다. 머리가 띵하다. 이명 도지면 안 되는데. 간신히 옷 갈아입히고 늦었다며 지완이를 안고 뛴다. 나는 건널목에서 기다린다. 말로만 듣던 육아 전쟁이다. 그래서 젊은이들이 아기를 안 낳나 하는 생각이 든다. 그러나 이 시기도 지나갈 터이다.

드디어 학예회가 시작된다. 옛날 초등학교와 다르다. 2시간 동안 이어진 재롱잔치. 소리가 커서 잠시 화장실에 들러 작품 전시를 둘러본다. 우리 아이들 초등학교 시절이 겹쳐진다. 재이와 바이바이 하고 건대 동문회관 중국집에서 맛있는 점심을 한다. 건대를 둘러보고 싶지만 매우 춥고 아들과 며느리 쉽게 하고 싶어 출발한다. 결국 한남역까지 동행해 준다. 집에 돌아오니 3시. 5시까지 푹 잤다.

다시 '함께, 홀로의 여정'을 산다. 두 아들의 확인 전화가 오고 수화기 너머로 들리는 지완이의 "할머니." 소리가 힘이 된다.

오늘은 수요일 2023.11.29.

    화실 가는 날
    아니 화실 가던 날이었다
    신옥 씨의 "선생님은 no news인가요?
    뭔가 아시면 수요반 단톡방에 올려 주세요"
    나의 대답 "no news"
    첫눈이 내리고 있다
    창밖을 내다본다
    늦게 떨어진 낙엽 위에 내리는
    눈을 밟으며 화실로 향하던 발걸음들

단톡방에 말을 건넨다
"눈이 오네요
아무 소식도 없이
차분하게"
기다렸다는 듯이 합창을 한다
"변함없었던 수요일이
그리워지는 날이예요"

눈을 감고
마음을 달래보지만 어지럽다

암센터 정 박사님께 문자를 보낸다
"화실 식구 모두 답답한
마음에 제가 여쭙니다
샘은 어떠하십니까?"
"검사 더 하시고
치료 필요하십니다
응원하시면서 지켜봐 주시는 게
어떨까 합니다"
할 말이 없다
"감사합니다"로 마무리
기다림이 우리들의 몫이다
수요반에 보고!
"검사 더 필요하고 치료 필요, 기다림이 필요"

신옥 씨가 마무리

"다들 기도 열심히 합시다"

오늘은 수요일

화실에 모여 샘과 함께하는 날이었다

이제는 각자의 자리에서

자기의 그림을 그리는 날이 되었다

첫눈이 내리는 수요일이다

세 자매의 1박 2일 2023.12.2.

둘째, 넷째, 다섯째 세 자매의 1박 2일은 12월 4일 백김치 담글 20㎏의 절임배추가 도착한다고 한 것이 시작이다. 도와준다고 두 동생이 2시경 도착한단다. 나는 7시부터 찹쌀풀을 쑤어 사다 놓은 무로 깍두기를 담근다. 10시 30분경 절임배추가 도착, 내 나름대로 상자에서 10㎏을 꺼내 백김치 두 통을 담궈 뒷 베란다에 놓고 쉬는 중이다. 마중 나갈까 하다가 아파트 현관 앞에서 만나 함께 집으로 온다.

이것저것 먹고 수다 떨다가 남아 있는 10㎏으로 김치를 담그기 시작한다. 다섯째가 가져온 고춧가루와 넷째가 자기네 김장하고 남은 배춧속을 넣어 김장을 한다. 김치통에 나누어 넣고 나머지는 비닐에 넣어 보관하고 겉절이로 마무리한다. 깍두기, 백김치, 김장김치, 겉절이로 김치 부자가 되었다. 쌀도 많으니 정말 겨울 준비 끝이 아니라 한 해 준비 완료이다.

이제는 1박 2일의 백미인 먹고 수다 떨기의 시작이다. 넷째는 멀리 미국에 있는 아들 식구가 그립고, 다섯째는 항상 돌봐야 하는 사춘기 손자가 버겁다는 이야기. 나는 이것저것 다 지나고 홀로 지내기와 좋으면서도 가끔 외롭다는 이야기를 나눈다. 각자 노년의 여정에서 아름답고 감사한 하루하루를 사는 얘기들이다. 나는 까떼나 기도를 드리고 거실에 나와 보니 아직도 방에서는 두런두런 이야기꽃을 피우고 있다. 이렇게 하루를 마무리한다.

넷째와 함께 주일미사에 참례한다. 미사 시작 전 기도를 바치고 나서 기다려도 협력신부님이 나오지 않으신다. 결국 주임신부님이 제의를 입으시고 시작하신다. 협력신부님이 많이는 아니지만 아프셔서 미사를 드릴 수 없으셔서 급히 당신이 내려오셨다는 말씀이 외닿는다. 동생이 "이렇게 강론이 좋으면 성당가기 좋을 텐데." 한다. 미사 후 신부님이 나의 책에서 보았던 동생이 궁금하신 모양이다. "마스크 벗어 보세요. 닮았나?" 하신다.

집으로 돌아오니 다섯째는 아직도 쿨쿨! 남아 있는 야채로 샐러드 만들고 쑤어 놓은 호박팥죽을 데운다. 함께 먹는 식사는 좋다. 어제 할 일을 다 했으니 오늘은 쉼이다. 그러다가 청소가 시작되었다. 담자는 청소기 돌리고 덕자는 물걸레, 나는 물티슈로 구석구석 닦는다.

시원하게 청소 끝내고 일산시장으로 구경 겸 쇼핑을 간다. 방문비 겸 시장 볼 돈 10만 원씩을 나누고 출발, 언제나 활기찬 시장은 좋다. 순댓국을 먹고 포근한 쌀집 아저씨도 만난다. 대추, 빵, 멸치, 상추 등을 사고 길가 왼쪽 장날만 열리는 곳으로 간다. 오가는 인파들 때문에 어지럽다. 다섯째도 어지럽단다. 간신히 빠져나와 지하차도를 건너 집으로 온다. 장 본 것을 집어넣고 한숨씩 2시간이나 잔다. 그리고 동생들은 5시가 다 되어서 출발한다.

나는 저녁은 뛰어넘고 샤워하고 여호수아기, 코헬렛, 이사야서 읽기로 마무리한다. 도착 보고가 이어진다. 1박 2일 김장 나들이를 함께한 우리 자매들 파이팅!

면담 2023.12.14.

성당을 향하여 비 오는 길을 걷는다. 성당이 고즈넉하다. 사무장님 뵙고 신부님의 집무실로 올라간다. 깔끔하게 정리된 모습이다. 가지런히 과일이 깎여 놓여 있다. 신부님이 기다리고 계셨다. 항상 준비하고 맞이하고 들을 준비를 하고 계시는 모습이다. 이것저것 두서없이 쏟아 놓는다. 따듯한 쌍화차와 과자를 앞에 놓고 시간은 흐르고 눈물도 흐른다.

아빠 선종하신 후의 1년 세월이 한 시간에 담겨 있다. 눈을 감고 들으시는 나의 고해성사 아닌 고해를 들으시고 마무리! 책과 전시 계획도 말씀드리니 기록하신다.

비는 어느새 잦아들었다. 나의 홀로의 시간이 흐른다. 이렇게 오늘 하루가 마무리된다. 또 다른 하루를 위하여 잠을 잔다. 계속될 날들이 언제까지일지는 하느님만 아신다.

탄생 축제 2023.12.25.

눈이 펑펑 내리는 가운데 9시 미사에 가기 위해 걷는다. 그렇게 춥지는 않다. 그러나 조심조심 한 발짝 한 발짝씩 걷는다. 성당이 고요하고 평화롭다. 주님 성탄 대축일 축하를 위한 중고등부의 피아노, 바이올린, 클라리넷의 오게스트라가 좋다. 미사 후 신지들로 구성된 성가 합창은 실수투성이지만 감동스럽다. 다미아노 신부님과의 인사 후 눈 그친 길을 걸어 집에 온다. 성당의 구유 사진을 샘에게 보낸다. "참 평화스럽네요."의 답장이 아프다.

이렇게 조용한 나만의 크리스마스 축제가 시작되나 보다 했다. 성당에서 벨라뎃다가 준 멸치를 볶아서 혼자서의 점심을 끝낼 무렵 11시 미사를 마친 베로니카의 전화, 잠시 후 벨라뎃다와 둘이서 들어온단다.

'깜짝 크리스마스 잔치'가 오후를 멋지게 한다. 살아온 얘기, 지금의 여정, 신앙 이야기가 그동안 우리가 해 왔던 독서 모임 때와는 또 다른 희망을 준다. 대화와 소통을 통해 삶의 아름다움으로 이끄신다. 감사합니다. 이런 기회를 주시고 이끄심에.

4시쯤 떠난 후 가만히 머물러 쉼을 갖는다. 충만하다. 의탁이다. 아기 예수님과 지완이가 겹쳐진다. 동생 지완이에게 '작은 엄마'인 재이를 껴안는다. 이렇게 나의, 우리 모두의 아기 예수님 탄생 축제를 지낸다. 계속될 탄생 축제이다.

한 해를 보내며 2023.12.31.

기력을 회복해야 한다고 먹는 것에 너무 치중해 많이 먹었다. 항상 배가 차 있는 불편한 느낌이다. 며칠 전부터 김치 먹기가 버거워 고춧가루 안 들어간 백김치만 먹었다. 샘의 증세에 신경 쓰다 보니 나도 비슷한 느낌을 갖는 걸까? 생각하다가 이제 먹는 것을 조절해야겠다 싶다.

한 해 신앙의 여정을 돌아보며 형식적인, 억지로인 고해성사는 아니었을까 생각해 본다. "이제 나이 들어 자연스럽게 살아요." 하면서 아무런 죄가 없다고, 하느님께 가까이 있다고 하며 만족해 하는 모습이 하느님 보시기에 아름다울까? 면담으로 덮으려는 나의 태도는? 책 읽고 나의 책 만들고 하며 너무 책에 의존하는 것은 아닐까? 마무리 여정의 아름다운 삶을 살려면? 새해에는? 많은 생각들이 12월 31일 한 해의 마지막 날 새벽에 스치고 간다.

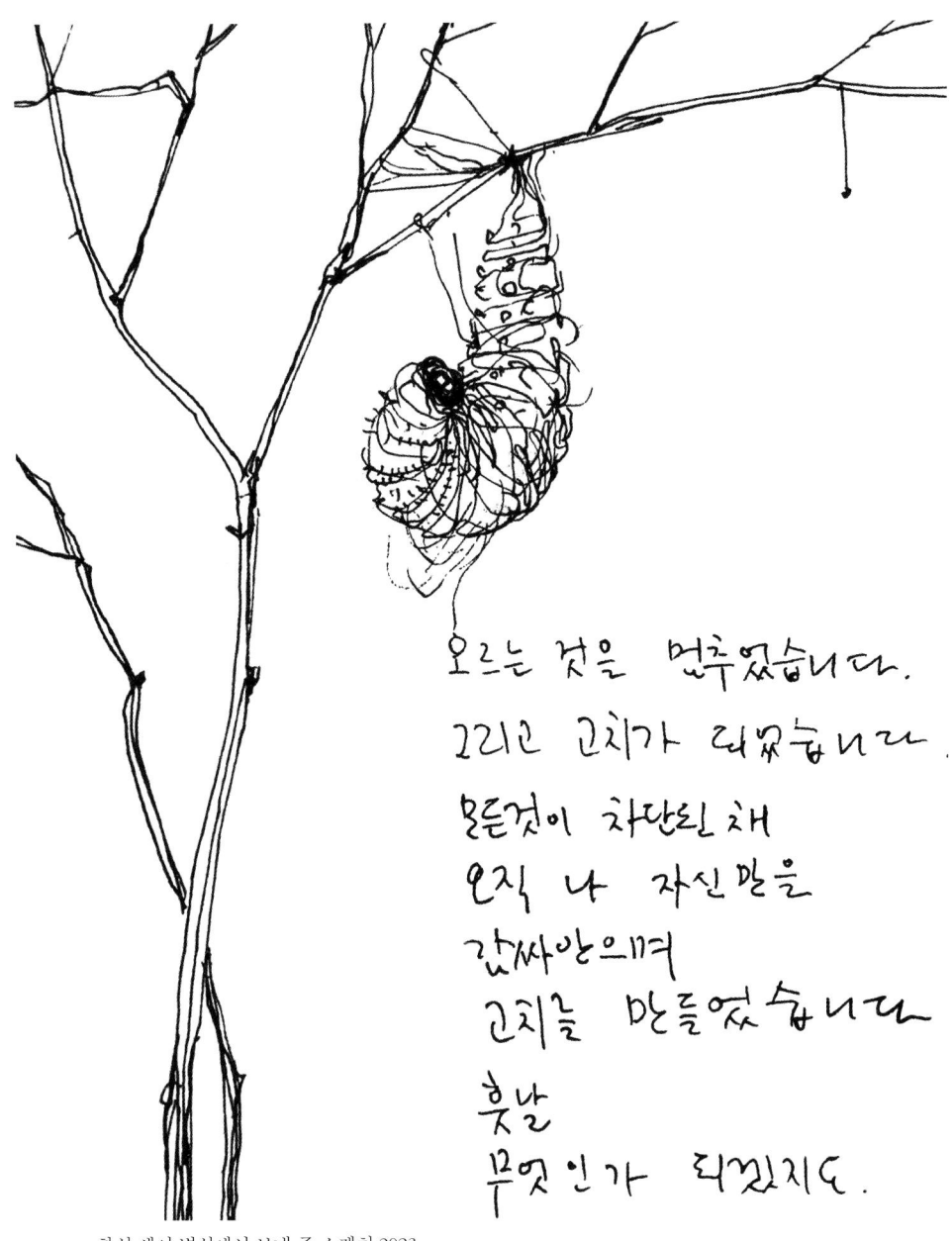

오르는 것을 멈추었습니다.
그리고 고치가 되었습니다.
모든것이 차단된 채
오직 나 자신만을
감싸안으며
고치를 만들었습니다
훗날
무엇인가 되겠지요.

화실 샘이 병실에서 보내 준 스케치 2023

샘이 카톡을 보낸다. "눈이 펑펑 오더니 잦아들었습니다. 수많은 '그런 일이 없었더라면'을 남기고 한 해가 저물어갑니다. 새해에는 '그럼에도 불구하고'의 희망의 나날이 되기를 기도합니다."

그리고는 앙상한 나무에 고치가 매달려있는 샘의 연필 스케치가 도착한다. 그 속의 글, "오르는 것을 멈추었습니다. 그리고 고치가 되었습니다. 모든 것이 차단된 채 오직 나 자신만을 감싸안으며 고치를 만들었습니다. 훗날 무엇인가 되겠지요." 메시지는 "다시 꽃들에게 희망을 줄 수 있을지도…"로 끝난다. 샘의 글에 "자신만을 감싸안는 고치 단계도 필요함을 훨훨 날게 될 때 알 수 있지 않을까요?" 나의 답을 보낸다.

그리고 더 이상의 답이 없다. 먹먹하게 앉아 있다. 스케치를 저장한다. 나의 위가 불편하다. 그러나 다시 정신을 차린다. 2023년의 끝날을 보내고 새해 새날을 맞이하기 위해!

소나무숲 20S oil on canvas 2014

2

책, 피아노, 그림

사촌 글라라 2024.1.3.

청주 꽃마을에서 암 투병 중인 사촌 이인숙 글라라가 하늘나라에 갔다는 소식을 제자 박은아가 전한다. 아마 같은 공동체의 동료인 듯하다.

　글라라의 여정을 바라본다. 어렸을 때부터 심성이 고왔다. 막내 고모의 셋째이다. 독일에 간호사로 갔다가 이탈리아에서 그림 공부를 하던 중 '마리아 뽈리'에 입회, 귀국해 봉사자로 활동하였다. 덕분에 우리 자매들도 그 피정에 참석하고 나는 도움이 필요한 어느 한 아이를 후원하며 엄마 역할을 했었다. 글라라는 영종에 터를 정하고 살던 중 아마 작년 암 투병으로 꽃마을에 머물렀다. 우리는 가끔 전화로 안부를 묻곤 했었다. 가 보지도 못했는데 먼저 하늘나라로 갔다.

　"그래, 우리 모두 조금씩 다른 길을 걸어 주님께로 가는 여정. 그 힘듦을 다 내려놓고 편히 쉬어라. 서로 기도하자. 그리고 언젠가 만나겠지. 잘 지내. 글라라!"

만남의 시간 2024.1.4.

내일이 아빠의 첫 기일이다. 그런데 화실 윤 여사님이 하늘나라 가셨다는 소식이 전해진다. 이틀 전 캔버스 주문하신다고 전화번호 물으신 게 마지막 대화이다. 힘들어하지 않으시고 가신 것에 감사드릴 뿐이다. 편히 쉬소서!

　내일 기일미사를 위해 고향 자매들이 1시경 도착해 떡국으로 점심을 먹는다. 서로의 마음을 털어놓는 시간을 갖는다. 특히 넷째는 독일에서 손자가 하늘나라로 갔을 때 우리가 너무 무심했던 것에 대해 섭섭한 마음을 쏟

조리개 속 해바라기 8S oil on canvas 2023

아 놓는다. 이렇게 대화의 기회가 있어 그 당시 몰랐던 것을 "그랬구나." 하며 공감하게 된다. 모임은 그때 일을 함께 뒤돌아볼 수 있는 시간이구나 싶다. 그래서 만남의 시간이 필요한 것 같다.

첫 기일미사 2024.1.5.

첫 기일이다. 어느덧 일 년의 시간이 흘렀다. 어제 온 네 자매와 큰애 부부와 함께 10시 아빠의 기일미사에 참석한다. 집으로 돌아와 큰애 부부는 떡국을 먹고 쉬러 가고 우리는 넷째가 만든 잡채를 곁들여 점심을 먹고 큰 목소리로 이야기를 나눈다. 3시에 자비의 기도, 연도 기도를 바치고 자매들은 출발한다.

이렇게 1박 2일의 공동체 생활을 마무리한다. 그 짧은 기간에도 다양한 일, 다양한 감정들이 오간다. 이것이 함께함의 의미이며 주님께서 그 안에 함께하심을 깨달으며 사는 것이다. 다시 '홀로'도 좋다.

해바라기 그리기 2024.1.15.

화실에서 그리던 가을 풀숲 속 물뿌리개 깡통에 담겨 있는 내가 좋아하는 해바라기를 그린다. 조심스럽게 배경과 마른 풀들도 그려 넣는다. 사인은 2023년으로 한다. 소중한 화실에서의 마지막 추억이다. 전체적으로 노오란 분위기가 좋다. 그리던 해바라기 밭의 배경을 칠하고 바꾸고 다시 칠한다.

"혼자 완성해야 하는 노오란 해바라기야, 힘을 다오."

하루를 지내며 2024.1.18.

파주 예수마음 피정의집에서 김영자, 김영희 수녀님을 만난다. 미끄러운 길과 감기 탓에 가까이 가 손을 맞잡지 못하고 "따뜻할 때 만나요." 하며 손인사만 남기고 떠난다.

박정미 수녀님 손을 잡고 기대어 걸으며 이야기를 나눈다. 국 샘, 영숙 씨와 애선 씨도 조심조심 그림자를 드리우며 걷는다. 까치들은 앙상한 나뭇가지 위를 자유로이 날고 겨울 햇빛과 흰 눈이 어우러진 호수의 얼지 않은 물가에서는 오리들이 노닌다. 지나가는 아저씨가 미소를 띠며 우리의 행복한 모습을 한 컷 한 컷 찍을 때마다 운정호수와 하나가 된다.

강화도 마니산에서 옮겨 온 산채비빔밥을 맛있게 먹는다. 빵 제작소에서 두 수녀님을 위해 빵을 담고 J카페로 올라간다. 오렌지, 사과, 커피, 얼그레이의 향이 퍼지는 사이 나의 책을 나눈다.

집으로 와 오늘 함께한 오랜 인연들, 눈과 햇빛과 호수와 까치들과 음식과 빵에 머문다. 이렇게 하루를 감사함에 머문다.

일상에 빛이 비칩니다
일상에 고요함이 머뭅니다
일상에 만남이 있습니다
일상에 영원이 있습니다
일상에 사랑과 희망이 있습니나
일상이 감사함으로 마무리됩니다

아빠 생일 2024.1.26.

달력에 작은 글씨가 있어 보니 '아빠 生 음력 12.16.'(1938년 음력 12월 16일)이라고 적혀 있다. 편지를 쓴다.

"하늘에서 첫 생일을 지나 두 번째 생일을 맞으신 기분은 어떠신가요? 영종 뒤뜰에서 우리 둘이 찍은 사진 속 당신같이 활짝 웃으시나요? 나도 웃으라고 하면서 웃으시던 그 모습 그대로이신가요? 친구 동인이가 1주기 때 보내 준 메시지같이 사랑하는 아내에게 금빛, 은빛 내려 주시며 포근한 미소를 짓고 계시나요?

한 단계를 지나느라 정리하고 있습니다. 팔순을 핑계로 당신과의 추억을 담은 책《동행, 그리움 되다》출간과 그림 전시를 준비하고 있고 새롭게 피아노를 시작해 오늘 조율도 하러 옵니다. 그리고 내일이 될지, 아니 오늘이 될지 모르는 나의 여정. 허락하시는 대로 의탁하며 하루하루 일상을 살려고 합니다. 아직 책 읽을 수 있고 그림도 그리며 피아노도 치고 큰애도 아침을 먹으러 오니 행복합니다. 재이네가 오면 방방 뛰고 집으로 돌아가면 다시 고요를 즐기며 지냄에 감사합니다.

이렇게 곳곳에 있는 당신의 향기와 함께하고 때론 고독에 머물며 잘 지내겠습니다. 안녕, 감사합니다!"

영종집 뒤란 닭 부부 10F oil on canvas 2008

봄 2024.2.6.

봄기운이 퍼지나 싶더니
밤새 내린 눈 속으로 숨어 버렸습니다
그러나 사라지지는 않았습니다
쌓인 눈 속에서 다시 힘을 모으고 있습니다
"조금 늦어지는 것 뿐이지" 하면서

어느 때에 "안녕, 기다렸지?" 하며
그 힘이 모여 고개를 내밀면
새싹이 생명의 향기를 뿜으며
온 대지를 덮을 것입니다
여기저기 새로운 친구들에게 인사를 하며
이렇게 '기다림'이 '봄'이 될 것입니다

그대여! 봄을 기다립니다
그 힘을 믿습니다
뚫고 올라오는 생명을!
응원하는 힘이 보태어지기를!

설날 2024.2.10.

태어나서 처음으로 홀로 설날 아침을 맞습니다. 외로워서가 아니라 홀로여서 세월이 흐르는 소리에 귀가 기울여집니다.

멀리 흘러가는 잔잔한 시냇물 소리 같습니다. 앞으로 얼마나 더 흘러야 바다에 도달하는지 모르지만 눈을 감고 들으면 냇물이 보일 듯합니다.

냇물이 저 멀리 흘러갑니다. 주절거리는 작은 물방울들이 서로서로 친구가 되고 함께 어울리며 내려갑니다. 물속에는 반들반들한 작은 돌들이 보입니다. 그런데 아직도 물방울들의 흐름을 방해하는 모난 돌들이 있고 흐름을 바꾸게 하는 큰 바위도 보입니다. 그래도 이 세월의 냇물 속에는 여전히 고향의 피라미, 붕어, 가재, 우렁이가 자기 속도대로 움직이고 개구리도 풀숲을 자유로이 뛰어다닙니다.

하늘이 보입니다. 구름이 그늘을 만들어 줍니다. 이렇게 세월은 지절대며 흐르다 멈추다 가다하며 바다에 이르러 자유로이 쉬게 될 것입니다.

오색 떡국을 홀로 먹는 설날 아침. 그러나 기다림이 있습니다. 감사한 설날 아침입니다.

왕림 고모댁 찾기 2024.3.14.

오늘은 가족 모임 점심 후 '고모댁 찾기'에 나선다. 긴가민가하며 찾아 대문 앞에 섰다. 문이 잠겨 있다. "맞다, 맞아." 하며 둘러본다. 언니가 나의 동갑내기 사촌 춘자에게 전화해 통화한다. 많이도 변했다.

오른쪽에는 수녀원과 수원가톨릭대학교가 있다. 우리가 어렸을 때 뛰어

놀던 곳이 이렇게 변했다. 성당으로 향한다. 이렇게 큰 성당이었나? 고모네 식구들을 다 아신다는 왕림 토박이신 어느 형제님과 이야기를 나눈다. 130년이 되었다고 한다. 지금 이름은 '천주교 갓등이왕림성당'이다.

일기 2024.3.18.

아침기도를 시작할까 하다가 일기 노트를 하나 꺼내 읽는다. 2023년 1월에 아빠 돌아가신 후인 2023년 4월 2일부터 5월 20일까지의 일기이다. 1시간 가까이 한 장 한 장 넘긴다. 하루하루 지내는 모습이 마음 아프다. 그러나 이렇게 추억할 수 있어서 좋다. 일기는 그래서 좋다. 그렇지 않으면 점점 희미해져 가는 이 노년의 기억을 어떻게 붙잡을 수 있을까?

　홀홀 털어 버리고 자유롭다가 가끔 돌아보는 것도 감사한 일이다.

씻음 2024.3.21.

오랜만에 세탁기에서 빨래는 돌아가고 로봇청소기는 거실 이곳저곳을 돌아다니며 먼지를 모아들인다. 둘 다 그동안 끼고 스며든 먼지와 때를 뽑아내는 일이다. 세탁기는 먼지를 물로 흘러가게 하고 로봇은 모아들여 쓰레기봉투로 보낸다.

　그간 모인 나의 더러움은 어떠할까? 내가 잘못해 모아 두면서 '해야지'로 시간을 보내는 고백성사! 내 속에 스며들어 쌓여 있다. 더 이상 혼자 스스로 괜찮다고 하지 말자. 그러나 언제 깨끗이 털어 버리고 자유롭게 날 수 있을까?

"저를 돌려 주소서. 뱅글뱅글 세탁기같이. 저의 구석구석의 먼지를 뽑아 주소서. 로봇청소기같이. 아니 그냥 바라봐 주소서. 그리고 저도 바라보며 함께하게 해 주소서. 당신의 눈길로 울게 하소서. 눈물로 씻게 하소서. 믿고 사랑하고 희망하게 하소서. 그리고 훨훨 자유롭게 날게 하소서."

책 사인 2024.3.22.

요한이가 전시에 붙일 그림들의 이름표를 다 만들었다고 한다. "모든 것이 아들 덕분이네.", "엄마, 명희와 내 책에 사인해서 줘.", "두 권 루멘에 갖다 놓을까?" 대화가 오고 간다. 책 4권을 꺼내 온다. '사랑하는 아들 노정환 요한에게, 엄마 권영순 젬마 2024.3.22.', '아름다운 며느리 고명희 미카엘라에게, 엄마 권영순 젬마 2024.3.22.'

'사랑하는', '아름다운', '아들, 며느리, 엄마' 이런 단어를 쓸 수 있게 된 그동안의 삶의 여정에 감사하는 시간이다. 그리고 둘째 아들네 2권에는 이렇게 쓰고 싶다. '아빠를 가장 닮은 아들 노주환 요셉에게', '고맙고 대견한 며느리 정주리 로사에게'

소파에 앉아 좀 쉰다. 읽던 책《나를 이끄시는 분》(월터 취제크 지음, 성찬성 옮김)을 읽는다. 신부님은 신부님이시다. 러시아에서의 수용소 삶이 신앙 이야기로 넘어간다. 첫 책은 기록이고 그 후 책은 거기에서 깨달은 영성의 성장 과정이다. 드라마틱하고 고통스런 과정의 기록이 더 와닿는다.

3시쯤 베로니카가 왔다. 책이 나왔다는 소식에 들린 것이다. 국문학 전공자답게 들어가기를 읽고 있다. 나도 새 책을 받으면 서론과 결론을 읽고 그리고 전체적으로 훑어보고 다시 읽기 시작한다.

　베로니카 가고 나서 잠시 잘 수도 없어 부엌으로 간다. 먼저 멸치를 볶고 양배추와 오이로 피클을 만들고 시작한 김에 깍두기까지 한다. 역시 나는 주부다. 뿌듯하다. 남은 찐고구마로 저녁 간단히 먹고 샤워하니 개운하다.

　채널 139에서 말러의 '죽은 아이를 그리는 노래'를 보여 준다. 넷째 동생의 손자가 생각난다. 말러의 음악을 많이도 듣고 좋아했지만 한동안 뜸했다. 아니 브람스와 차이코프스키도 마찬가지다. CD를 틀고 듣고 하는 것이 번거로운 나이인가? 그냥 유튜브에서 보는 임윤찬의 피아노 연주를 듣는 것으로 대신하는 요즈음이다. 그 대신 피아노 연습을 하기는 하지!

　이제 다 지나간 나의 여정이다. 이 시간, 이 자리에 그리고 가까운 주위에서 일어나는 일과 사람들 그리고 내가 여기 있다. 그리고 한곳을 바라보고 함께 가는 주님이 계시다. 그 여정에 충실한 나의 시간이다.

　"제가 무엇이기에 이렇게 깊은 사랑과 기쁨을 주시나요? 오늘을 마무리하며 이 말씀밖에 드릴 것이 없습니다. 감사, 감사, 감사드립니다."

전시와 《동행, 그리움 되다》 책 나눔 2024.3.27.

　　우리 야훼의 집안에 심어진 자들아,

　　하느님의 뜰에 뿌리를 내리고 우거지리라.

　　늙어도 여전히 열매 맺으며

　　물기 또한 마르지 않고 항상 푸르러라. (시편 92,13-14)

시편의 '뜰, 늙어도, 열매'의 단어들이 와 노닌다. 오늘은 전시 둘째 날. '뜰'

에 많은 분들이 와서 만나고 그동안의 삶을 나누고 그리고 각자의 공간으로 놀아가 자신만의 열매를 맺기 위해 하루하루 살아간다. 뿌리 내린 곳에서 '물기'를 받아 '마르지 않고 푸르르기를!' 나 또한 '늙어도', '아침에 당신의 사랑을 알리며'(시편 92,2) '당신의 미쁘심'을 노래하리라. '이 몸은 행복합니다.'(시편 92,4) '환성을 올립니다.'

많은 분들을 만나고 집으로 천천히 걷는 길에 벌써 부활의 터짐이 느껴진다. 감사한 하루이다.

전시 보고 2024.4.5.

전시 끝나고 몸살도 지나니 만남과 보고의 시간을 갖고 싶었다. 《동행, 그리움 되다》 한 권을 꺼내 편지를 쓴다. "당신과 함께한 이야기를 드립니다. 2024.4.5. 짝꿍이!" 나다운 간단한 편지다.

작은 마을버스가 온다. 덜커덩거리며 달린 버스는 30분 만에 청아공원에 나를 내려 준다. 계단을 피해 버스 다니는 길로 올라간다. '행복관'이 가톨릭관이다. 안내하는 분께 책을 넣을 수 있는지 물으니 오늘은 안 된다고 하신다.

지하 2층으로 내려가 바티칸관으로 들어간다. 의자를 돌려놓고 앉는다. 마음에는 그동안의 일이 흘러간다. 아무 말도 없이 책을 편다. 적당한 곳에 머물러 읽는다. 소리 내어 읽어 드리지 않고 마음속으로 읽는다. 그러는 사이 소리 대신 눈물이 흐른다. 오랜만에 울어 본다.

고요하고 행복하고 평화롭다. 평안하고 좋다. 언젠가 나도 옆자리에 머물 것이다. 그때가 언제인지 하느님만이 아신다. 나는 허락하신 나의 날까지 삶을 살며 기다리면 된다. 80은 좋구나. 이렇게 받아들이며 살 수 있으니.

청아공원 안의 작은 동산으로 간다. 아직도 1시간 정도의 시간이 있다. 이 익숙한 곳을 혼자 거닐며 머물 수 있음이 좋다. 진달래꽃이 예쁘다. 피기 시작한 벚꽃이 고개를 내민다. 흐드러진 노오란 개나리가 밝음을 선사한다. 소나무와 도토리나무들이 내려다본다. 손에는 여전히 책 한 권이 들려 있다.

5시 20분경 버스를 탄다. 올 때보다 손님이 많다. 후곡마을 학원 거리를 지나 사거리에서 히치기에 키드를 대고 다시 앉는다. 내린다고 말을 미치 못 했다. "벨을 눌러야죠!" 드디어 나에게 들려온 큰 목소리의 말. "죄송합니다. 감사합니다."로 마무리하고 내려 집으로 온다.

마음속의 만남과 보는 것으로서의 만남은 다른 것이다. 집으로 돌아와 책을 한구석에 잘 놓고 다음의 만남을 생각한다. 짝꿍이 있다는 것은, 아니 짝꿍이 있었다는 것은 좋다.

내려감 2024.4.11.

며칠 전부터 오늘 10시부터 오후 2시까지 정전될 것이라고 알렸다. 그러려니 무심히 듣다가 11시경 엘리베이터를 타고 내려가야 할 것이 생각났다. 동인이, 영숙 씨와 점심하기로 했기 때문이다. 관리실에 전화하니 엘리베이터도 중지될 것이라고 한다. 세상에, 어쩌나! 이사 온 지 30여 년 동안 한 번도 계단을 걸어서 내려가거나 올라온 적이 없다. 작년 거의 한 달간 엘리베이터 교체 공사 때도 꼼짝하지 않고 19층에 즐거이 머물렀었다.

약속을 취소할까 생각하다가 그래, 내려가 보자. 계단을 내려가는 것이 오르는 것보다 더 힘들고 나리와 무릎에 무리가 된다고 하지만 시도해 보자. 두 손으로 계단 난간을 잡고 오른쪽 발을 먼저 내딛고 그 다음 왼쪽 발을 내려 한 계단씩 내려간다. 어느 때부터인가 계단으로 오르내리는 것을 피하고 휠체어가 다니는 경사진 길을 가거나 엘리베이터를 이용하곤 했다. 피치 못할 경우를 제외하고는. 가령 갤러리 '뜰'의 짧은 계단을 오르내리거나 지하철 탈 때 엘리베이터를 찾지 못하면 할 수 없이 조심조심 오르내렸다. 그러나 오늘은 점심 약속을 지키고 찬란한 봄의 향연을 즐기기 위해서는 내려가야만 한다.

그런데 생각보다 어렵지 않다. 지금 당장보다 나중에 아프겠지만 그렇게 해서 아픈 게 한 두 번인가? 기쁨이 있으면 힘듦이 있고 또 시간이 지나면 어느 정도 통증이 부드러워지기도 했다.

어느덧 10층이 되었다. 19층에서 바라보는 밖의 모습과 다르다. 벚꽃과 제법 어우러진 새싹들의 향연이 아래에 펼쳐진다. 적당한 위치에서 바라보는 새로운 느낌의 봄의 향연이다.

갑자기 누군가에게 알리고 싶어진다. "오늘의 도전, 걸어서 내려가기. 10층 계단에서 쉬고 있습니다. 반 내려왔으니 다 이른 것이지요? 후앙빵집 빵을 배달하신 모습을 기억합니다. 파이팅!"

"빌딩 반을 내려오셨네요. 기쁜 마음으로 하는 일은 힘이 안 들더군요. 많이 움직이시고 많이 드시고 많이 만나세요. 그것이 기적입니다. 오늘도 파이팅!"

다시 내려간다. 5층에서 어느 자매가 나오다가 깜짝 놀란다. "그래, 5층 정도는 쉽게 오르내리곤 했었지. 개봉동 원풍아파트 5층에서 13년을 살았지. 불편한 몸으로 난간을 잡고 층계를 오르내리는 어머님 모습이 보이는

구나. 뛰어오르는 두 아들도 보이고. 아버님, 남편, 나는 전혀 문제가 없을 때였지. 그곳에서 아버님과 어머님 두 분의 장례까지 치르고 ME식구들도 오르내렸지." 휠체어를 밀던 익숙한 경사 길을 걷는다. 그늘에 있어서 이제야 아름다운 모습을 자랑하는 목련이 반긴다. 벚꽃은 흩날리고 있다.

삶의 오름과 내림 또한 여정이다. 오를 때보다 내릴 때가 더 힘들다고 한다. 다음 내림은 나의 마지막 단계, 가장 힘들 때이면서 가장 소중한 시기이다. 잘 내려가자. 그래서 다 내려갔을 때 가장 높은 분을 만날 준비를 하자. 이제 내려감이다.

찾음-시간과 장소 2024.4.14.

외곽순환도로를 탄다. 그 어느 날 내가 운전하던 길이다. 이제는 베로니카가 운전하고 나는 벨라뎃다와 함께하고 있다. 비가 억수같이 쏟아진다. 마치 우리를 그 시간과 그 장소에 못 가게 막으려는 듯이.

도착해 갈멜수도원 성당으로 올라간다. 매자 언니를 만난다. 온전히 박종인 라이문도 신부님(2023년 4월 15일 선종하심)을 기억하고 기도하려고 모인 분들이 앉아 있다.

갈멜의 권영상 신부님의 집전으로 추모미사를 드린다. 강론 중 박종인 신부님의 '괴팍함'에 대해 이야기하신다. 60여 년 동안 알고 지내면서 신부님의 어떤 면이 괴팍하다고 생각해 본 적이 없다. 다만 하느님과 예수님과 성모님 따라 오롯이 직진하는, 우리로서는 도저히 따라갈 수 없는 면이 괴팍하고 독특한 모습이라면 모습이다. 차츰 이 단어가 신부님의 긍정적인 면모로 다가온다.

미사 후 신부님의 생전 영상을 보면서 그리움을 달랜다. 그리고 "직천당 하셨겠지." 하면서 울컥한다. 일상과 같았던 소중한 그 시간, 그 장소가 신부님과 함께 어디론가 사라진 것 같다. 그러나 늘 우리를 바라보시던 그 모습이 마음에 새겨져 있다. 그리고 나도 어느 날 어느 시간을 기다릴 준비를 한다. 이제는 오로지 직진하라고 신부님이 일러 주신다. "네, 명심하겠습니다. 신부님." 특별한 점심과 나의 책《동행, 그리움 되다》10권 나눔을 뒤로 하고 다시 이곳을 올 수 있을까 하며 "안녕."을 한다.

매자 언니와 함께 김포로 달린다. 비가 잦아들어 조금씩 뿌린다. 거대한 건물 2,000여 석의 카페 갤러리 '스페이스566'에서 차와 빵을 먹는다. 매자 언니와 나는 신부님과의 얽힌 이야기를 풀어낸다. 그동안 쌓인 추억들이 나이 듦의 소중한 경험이 되어 서로 나누는 좋은 시간이다.

매자 언니와 안녕하고 일산대교를 지나 익숙한 일산으로 달린다. 벨라뎃다를 내려주고 우리 주차장으로 와 베로니카에게 박종인 신부님의 책《묵상기도와 성체조배》를 준다.

"박 신부의 1주기를 지내며 살아 계실 때와 같이 우리를 또 한번 풍요롭게 해 준 하루, 감사합니다. 함께해 준 벨라뎃다, 운전해 준 베로니카 그리고 추억을 함께 나누게 해 준 매자 언니, 오늘 만난 모든 분들, 천당에 계신 신부님과 아빠 모두 감사합니다. 충만한 하루, 그 시간과 그 장소에 감사합니다."

이렇게 우리는 서로가 서로에게 수호천사가 된다. 오늘의 알림 톡 "오늘 갈멜 신부님 1주기 추모미사 다녀왔습니다. 그리운 그 시간과 장소에 '안녕' 하는 날입니다."

착각 2024.4.16.

미역국을 끓인다. 냉동실에서 꺼낸 베로니카가 준 사골국물에 비비고 사골 두 봉지를 섞어 잘게 썰어진 미역을 넣는다. 끓이다 보니 건더기가 너무 많다. 불을 끄고 코사마트로 가서 사골국물 세 봉지를 사 걷는다. 아이들의 노는 모습을 보고 싶어 흔들의자에 앉는다. 언니와 통화한다.

그런데 익숙한 아저씨가 지나간다. 세탁물 생각이 나서 전화기를 그대로 든 채 부른다. 뒤돌아보신다. "세탁물 가져가실 것 있는데…" 당황해 하시는 아저씨. "전화 중이시라 그냥 지나가려고…", "아, 죄송합니다. 세탁소 아저씨인 줄 알고…" 떡집 아저씨이다. 세탁소 아저씨와 떡집 아저씨, 두 분 다 30여 년의 인연이 있는데 그래도 그렇지 못 알아보다니! 층계를 내려가기 힘들어 의자에 놓여 있는 세탁할 옷에 신경을 쓰다 보니 실수를 했다.

언니에게 얘기하며 노년의 헷갈림과 잊어버림에 대해 겪었던 일들을 나눈다. 집으로 돌아와 미역국에 세 봉지의 국물을 넣으니 한 솥의 미역국이 된다. 밥 한 술 국물에 말아 저녁으로 먹는다. 아, 노년에 겪는 웃음을 주는 건망증이여! 아름답기까지 하다.

냉동실로 간 미역국 2024.4.17.

미역국이 너무 많아 아침에 일어나 크고 작은 용기 3개에 나누어 담아 냉동실에 넣는다. 나머지는 작은 냄비에 넣어 딤채에 넣었으니 한동안 국물 걱정은 안 해도 되겠다.

그러고 보니 4월 한 달 내내, 아니 3월 마지막 주부터 길고 긴 팔순 생일의 연속이다. 5월이면 이 생일파티에서 벗어나려나. 즐거운 비명이다.

어긋남

어긋남이 선물이 된 하루이다. 점순 씨, 영숙 씨, 나, 운전자 강 선생 넷이서 점심 후 파주출판단지를 지나 자유로를 달린다. 어디 가서 이 배부른 배를 잠재울 수 있을까? 행주성당, 행주산성으로 가자. 나의 아이디어다. 부천의 가톨릭대학교 성심 교정으로 출퇴근할 때 가던 곳 그리고 한옥 성당과 밧줄 십자가를 그림으로 남긴 추억의 장소이다. 행주대교로 진입, 그러나 아차 하는 순간에 우회전 진입로를 지나쳐 버렸다. 이번에는 강 샘이 말한다. "학교 가 볼까?", "좋다, 학교로!"

내가 항상 차를 주차하던 맨 위 산 아래에 차를 세우고 천천히 약학대 아래쪽으로 내려간다. 젊은 수위 아저씨가 '웬 할머니들?' 하는 표정으로 다가온다. 강 샘이 설명한다. 함께 웃는다. 추억의 길을 걷는다. 과학관을 지나 국제관, 사제관을 거쳐 성당 앞 숲속으로 들어간다. 영종에서 옮겨 온 나무들과 쌍둥이 메타세쿼이아가 반긴다. 그동안 크게 자라 하늘과 닿아 있다.

익숙지 않은 기숙사 앞 광장을 지나 성당에 잠시 머문다. 젊은 수녀님과 인사를 나눈다. 화장실에도 들린다. 기슨홀은 어디로 갔을까? 갈림길 등나무 아래 의자에 앉는다. 안병관 샘에게 전화하니 정문에서 올라오겠단다. 학생회관 앞에서 만난다. 도서관 쪽으로 노인들이 힘든 발길음을 옮긴다. 전대이 샘에게 전화한다. 결국 도서관 옆 나무 벤치에 우리는 앉고 두 샘이 도서관 카페에서 음료수를 주문해 들고 나오니 6명의 이야기꽃이 핀다. 계획한 것이 아니었는데 그리운 곳의 봄 향기를 만끽할 수 있었던 멋진 하루 여행이다.

두 샘의 배웅을 받으며 강 샘은 우리를 소사역에 내려주고 우리 셋은 서해선을 탄다. 대곡역, 풍산역, 일산역. 각각 내리는 곳이 다르다. 각자의 삶의 자리로 다시 돌아가는 길, 함께한 오늘 하루가 소중한 노년의 추억이 된다. 감사한 하루이다.

누구셨더라? 2024.4.18.

"누구셨더라?" 이 말이 계속 맴돈다. "누구시지? 나를 보고 환히 웃으며 지나가는 남자분? 그래, 언젠가 생각나겠지." 하며 큰 사과를 사기로 하고 우리밀 매장으로 걸어간다.

전화가 온다. 언니다. 매장 앞 돌계단에 앉아 통화하는 중에도 "누구셨더라?"가 머릿속에 어른거린다. 지나가며 밝게 인사하는 분, 너무나 익숙한데 누군지 모르겠다. 며칠 전 떡집 아저씨를 세탁소 아저씨로 착각했던 일이 떠오른다. 오래된 것 같은 그분은 누구지? 계속 그 밝은 미소가 맴돌다 멀리 사라진다.

그런데 새벽에 눈을 뜬다. 침대 위에서 머문다. 다시 "누구셨더라?"가 떠오른다. 우리 마을 지도를 상상하며 생각해 보자 하는데 떠오르는 간판이 보인다. '한빛서점' 아저씨다. 30여 년을 한결같이 전화나 산책 중에 책 주문하고 찾으러 가고 또 진열되어 있는 책을 둘러보며 사곤 하던 곳. 어느때 책 가지러 가서 말한 적이 있다. "너무 감사해요. 계속 이 책방을 지켜주셔서.", "할 줄 아는 일이 이 일밖에 없어서요." 하고 수줍게 웃던 기억이 떠오른다. 그래, 일산 30여 년의 세월 동안 나의 책 읽기를 꾸준히 도와주던 형제님이었구나.

정말 "누구세요?"가 끝까지 생각나지 않을 날이 있겠지. 오늘은 "누구세요?"의 해답을 주신 내 삶의 가장 젊은 날, 감사한 하루이다.

고향 나눔 2024.4.21.

행복은 함께할 때 전달되고 계속되는 것 같다. 쑥떡과 나물, 미나리부침개. 이 고향의 선물을 나누고 싶었다.

식구부터 시작하자. 재이네가 오고 신나게 고향 나눔이 시작된다. 쑥떡 쑥떡하며 나눔을 기다리고 있는 쑥떡을 다섯 식구가 한 개씩 집어 먹는다. 신도 쌀과 고향 쑥과 방앗간 아저씨의 정성이 듬뿍 든 향기가 입안 가득하다.

나는 미나리를 잔뜩 넣어 전을 준비하고 부침개, 참나물, 오가피나물, 달래장과 고추장이 차려진다. 재이가 7인의 식탁을 차리고 모두 초롱초롱한 지완이의 눈과 모은 두 손을 바라보며 감사기도를 드린다. 식사 후 초코케이크로 '해피 송'을 부른다. 여기에 지완이의 앙증맞은 모조 케이크가 서프라이즈다. 큰애 부부가 사 온 우롱차를 시음하고 새 운동화도 신어 보며 "감사합니다."의 감사가 전달된다.

큰애 부부 먼저 떠나고 작은애 부부는 간신히 그네 타기로 재이와 지완이를 달래서 차에 탄다. 나는 돌아와 한숨 잔다.

구역장이 오고 반장을 초대한다. 셋의 오붓한 파티다. 떡, 부침개가 하루하루의 삶의 이야기와 함께하고 20개씩 담아 놓은 떡을 나눈다. 띵동 소리, 영숙 씨가 오고 두 분은 떠나갔다. 영숙 씨는 미나리부침개를 먹고 나는 영숙 씨가 가져온 취떡을 먹는다. 영숙 씨가 떡 한 봉지를 갖고 떠나가고 나는 잠시 휴식 시간을 갖는다.

충미 씨가 들어온다. 쉬는 날인데 여기까지 오는 게 고맙기도 하고 반갑기도 하다. 콩물과 국수를 사 가지고 온다. 이어 벨라뎃다와 베로니카가 오니 사총사가 모여 고향의 선물이 총출동된다. 떡, 두 가지 나물, 미나리부침개, 취떡과 17층 엄마의 전까지 싹쓸이! 케이크까지 두서없는 총출동의 저녁이 된 것이다. 딸기로 마무리한다.

오늘의 나눔은 마무리되었지만 언젠가 채워져 다시 이 행복한 시간을 가질 수 있기를! 이 나눔이 또 다른 나눔의 씨앗이 되기를, 고향의 선물이 힘이 되고 사랑과 감사가 되기를, 그래서 우리 모두에게 퍼져 나가기를!

5월의 향기 2024.5.2.

5월의 향기가 좋다. 자동차 소리가 방해하지만 그것도 삶의 부지런한 현장이다. 길을 건너 5월 성모성월 묵주기도를 하기 위해 성당으로 향한다. 아직 이른지 성모님 앞에 아무 준비가 없다. 대성전으로 올라가 머물다 내려온다. 좀 차가운 바람을 맞으며 성당 마당 성모동굴 앞에서 빛의 신비 묵주기도를 한다. 혼자가 아니라 교우들과 함께한다. 이렇게 조금씩 새롭게 공동체의 일원으로 살아가는 기쁨을 느끼기 시작한다. 이 나이에!

대성전으로 올라가니 성시간과 성체강복 준비 중이다. 수녀님이 복사복을 입은 소년에게 전례예식을 알려주는 모습이 아름답다. 예수님과 라이문도 신부님과 아빠가 함께하심에 눈물이 나기 시작한다.

저녁 8시 대성전의 불이 꺼진다. 다 놓아 버리고 성체를 바라본다. 우리와 함께하시는 당신을! 나의 자그마한 십자가를 안고 모든 십자가를 아우르는 예수님의 십자가를 바라보며 어루만지고 들어 드리려고 노력하며 한 걸음 한 걸음 걸어가야 한다.

"나를 위하여 울지 말고 너와 너의 자녀들을 위하여 울어라." 신부님의 말씀에 가슴이 떨린다. 어느덧 눈물은 가시고 불 꺼진 고요 속에서 성체만이 보인다. 이렇게 소중하고 특별한 시간을 그동안 흘려보낸 것이 아쉽지만 지금이라도 함께할 수 있어 감사한 시간이다.

이제 나의 매월 첫 번째 목요일은 성시간이다.

목소리 2024.5.3.

전화벨이 울린다. 멀리 양양에 있는 표 샘이다. 언니가 샘의 달항아리 그림을 사고 싶은데 가능하냐고 묻는다. 그것도 30호 짜리를 쌍으로. 알아보겠다고 하고 전화를 끊고 생각에 잠긴다. 카톡 문자로 왔다 갔다 하기에는 승질이 급하다. 전화를 한다. 짧은 시간이 길게 느껴진다.

드디어 샘이 전화를 받는다. 6개월 만에 듣는 목소리. 힘은 좀 없지만 "교수님 목소리 여전하시네요." 하며 반가워한다. 조심스럽게 전화한 이유를 말한다. 그동안 문자로 답답했던 것을 다 묻는다. 그리고 나의 레슨은 중요하지 않으니 걱정 말라고. 이렇게 오랜만의 전화가 끝나고 나니 눈물이 흐른다. 아픔인지 감사함인지?

표 샘과의 전화와 문자가 오가며 30호짜리 두 점과 8호짜리 도자기 그림 2점까지 표 샘 언니가 구입하기로 했다. 계좌번호를 알려 달라며 미리 보내겠다고 하는데 그림 액자를 해서 보낼 때 알려주겠다고 말한다. 나는 주소도 물어봐야 한다. 갑자기 화상이 된 것 같다. 취미로 그림 그리고 글을 써 15년 만에 책을 내더니 이제는 그림 중개인까지!

어버이날 고향에 2024.5.8.

10시경 지하철을 타고 금정역에서 담자와 만난다. 수원역에서 수인선으로 갈아타고 오목천역에서 내려 걷는다. 옛날 꼬마열차가 다니던 공원 길이나. 오목전성당이 보인다. 반갑다. 들어가 인사드리고 나와 긴 터널을 지난다. 처음 걷는 길인데 익숙한 것 같은 곳이다.

　메타세쿼이아 숲을 지나고 선인장 밭을 지나니 익숙한 길이 나온다. 옛날 우리 동네에서 기찻길 아랫길을 지나 냇가를 끼고 걷던 길을 걷다 보니 멋진 고향 방문 관광이다. 꼬끼오 소리에서 고향의 소리가 들린다. 걷다가 5월의 향기가 듬뿍 배어 있는 아카시아꽃을 따먹고 한 움큼 따서 들고 걷는다.

　동생의 바쁜 손길에 김치, 미나리, 지글지글 돼지 삼겹살 구이가 준비되고 상추 위에 쌈장 얹고 그 위에 아카시아꽃 한 송이 올려 싸 먹는다. 제부가 이런 신 메뉴는 처음이라며 맛있어 한다.

　제부 차를 타고 엄마 아빠가 계신 칠보산으로 가 두유 2개로 인사를 드린다. 돌나물이 잔디같이 주위에 돋아 있다. 우리는 나물 뜯기에 바쁘다. 그늘이어서 그런지 적당히 자라 뜯기가 좋다. 인사를 드리고 내려오는 길, 꽃 향기는 한들거리며 인사하고 초록은 지루하지 않게 한창이다. 하늘은 푸르고 구름은 여기저기 모여서 아름다움을 노래한다. 이름 모를 새들은 합창으로 답한다.

농장으로 다시 돌아온 동생은 약밥을 하느라 바쁘다. 베어 놓은 미나리를 다듬고 상추, 쑥갓, 참나물을 뜯는다. 제부가 삽으로 크게 자란 달래를 캐서 준다. 배낭이 가득해 진다. 담자가 정리하는 동안 농장을 둘러보며 걷는다. 오물거리는 토끼 부부, 여기저기 몰려다니며 끊임없이 쪼아 먹는 닭들, 뒤뚱거리며 앞서거니 뒤서거니 움직이는 오리 부부.

제부 차는 익숙한 길을 지나 낯선 길을 달린다. 아직도 이렇게 아카시아나무가 많은 줄 몰랐다. 아카시아나무가 흰 꽃송이를 흔들며 "나 여기 있소." 하는 이 짧은 날들이 고맙다. 당정역에서 담자의 전송을 받으며 개찰구를 지난다.

오늘 이 하루, 고향 방문을 환영해 준 모든 풍경들, 꽃, 농장 식구들 그리고 함께해 준 동생 부부에게 감사한 날이다. 어버이날, 고향 방문 날 그리고 배낭이 그득한 만큼 행복한 날이다.

넷째와의 통화 2024.5.13.

넷째와 통화한다. 제부가 10여 일 변을 못 봐서 오전에 응급실로 갔다가 결국 3시경 퇴원했다고 한다. 일은 해결되었으나 오줌과 함께 시도 때도 없이 바지에 줄줄. 폐렴으로 입원 후 지금의 상황이 또 다른 단계로 넘어간 것 같다. 우리의 지난 몇 년 동안과 겹쳐진다.

오늘 윤 의원이 어느 물리학사에게 들었다고 이야기한 내용이다. "죽음이란 다시 원자로 돌아가는 것이고 그동안 살았던 삶의 사랑, 고통, 그리움 등은 별로 보내진다."

태어나 살고 다시 돌아가는 길은 같은 것 같으면서도 각자 다른 길이다.

그 속에서 얼마나 크고 깊은 그리고 많은 사랑으로 사느냐가 별로 돌아가는 우리가 남길 소중한 것이 아닐까?

홀로 2024.5.19.

천천히 걸어 주엽동사거리 BYC매장으로 간다. 매장 안을 천천히 걷는다. 아주 오랜만이다. 익숙하다. 아빠와 함께 내복을 사던 곳, 이제는 홀로 사러 왔다. 팬티 한 묶음과 편한 고무줄 바지 한 개를 사 그랜드백화점 지하 식당가로 간다. 사람들이 붐빈다.

　새로 생겼다고 간판이 붉은 '어죽'집에 자리를 잡는다. 왜 이 집으로 왔을까? 70년대의 춘천 시절 소양강 강가에서 어울려 어죽을 많이도 먹으러 다녔다. 또다시 추억이 흐른다. 엄마가 먼저 가시고 수원 아버지는 혼자서 5년을 살다 가셨다. 언젠가 이곳에서 내가 자장면을 사 드린 적이 있는데 그 후 어느 날 혼자서 지하철을 타고 여기까지 오셔서 자장면만 드시고 가셨다고 했다. 혼자서 잡숫고 계신 모습이 안타까워 마음 아파하던 기억이 있다. 세월이 흐른 지금 이제 내가 혼자서 어죽을 먹고 있다. 멀리서 이 모습을 보고 먼저 간 짝꿍이 마음 아파하실까? 그래, 씩씩하게 잘 지낸다고 하며 응원할까?

　호떡 두 개를 사 가지고 공원 길을 걷는다. 수많이 함께 걷던 길이다. 길가 의자에 앉아 호떡을 떼어 먹는다. 달콤하고 투박한 옛날의 향기가 난다. 또 걷는다. 스타벅스에 들어간다. 제자가 보내 준 기프트카드를 쓴다. 젊은 이들같이 딸기라떼를 빨대로 빨아 먹으며 걷는다. 처음 해 보는 일이다.

　집으로 돌아와 새로 산 편한 바지를 입어 본다. 아주 오랜만에 산 옷, 혼자 먹은 어죽, 길에서 빨아 먹은 라떼와 호떡. 이렇게 새로운 노년을 산다.
홀로 즐긴 하루, 감사한 날이다!

만남 2024.5.27.

새벽이 되었다
깨어 한참을 누워 있다
오랜만에 길게
길면서 생생하게
이야기 나누며 아빠를 만났다
처음에는 윤의원 대기실에서 기다리다
이제 병원을 바꾸어야 한다며 나와서 걷다가
어느 풀숲에서 둘이 마주 보고 앉았다가
또 나와 걸으며…
이렇게 오랜만에 만났다
특별히 아쉬움도
큰 기쁨도 슬픔도 없는
담담한 평소 우리들 모습같이
일상에서 만났다

그래도 누워 생각한다
새벽이 이르다
훤히 밝아 온다

6시가 넘었나?

아니 5시 반 밖에 안 되었다

잔잔한 기쁨으로 일어난다

함께 있다가 다시 홀로가 되었다

그러나 '함께함'의 느낌

오늘 하루에 잔잔한

삶의 여정이 시작된다

오늘은 어떤 일을 준비하실지 모르는

오늘을 신다, 오늘 하루를 산다

만남이 지나고 기다림이 오는

오늘을 산다

장수사진

요사이 루멘의 사진사 큰아들 요한이 바쁘다. 성당에서 나이 든 분들의 장수사진을 찍는 기간이기 때문이다. 어느 날 일요일, 새벽미사에 항상 같은 자리에 앉으신 내 앞의 마리아 자매님께 여쭈어 본다. "혹시 사진틀에 끼운 큰 사진 있으세요?" 장수사진, 더구나 영정사진이란 말은 못하고 물어보았다. "없어요. 사진이라고는 주민등록사진밖에 없어요." 하신다. "그러면 요새 성당에서 노인 분들께 사진을 찍어 드리는데 하실래요?" 그래서 성함과 전화번호를 여쭙고 아들에게 이야기한다. 아들이 연령회장님께 말씀드리고 약속 잡은 날이 오늘 12시이다.

벨라뎃다, 마리아 자매님과 함께 10시 미사에 참례하고 점심도 함께하고 루멘으로 가기로 한다. 11시경 명가원 2층에서 코다리정식을 맛있게 먹는다. 마리아 자매님이 시래기볶음과 여러 나물, 도토리묵무침, 미역국, 코다리찜을 맛있게 드신다. 나도 벨라뎃다도 셀프바에 있는 나물 반찬들을 연신 접시에 담아 가져오기 바쁘다. 혼자 지내시는 분이 제철 나물들을 이렇게 골고루 먹기는 쉽지 않을 것이다. 나는 동생이 농장에서 키운 신선한 야채와 제철 나물을 보내 준 덕분에 잘 먹는다.

셋이서 천천히 루멘 사진관으로 걸어가 보니 다른 자매님의 촬영이 진행 중이다. 마리아 자매님이 많이 힘들어 보이신다. 그래도 인사를 하며 다가가신다. 마리아 자매님의 차례가 되니 아들이 자매님에게 검은 잠바를 벗어 보라고 한다. 흰색과 검은색의 티셔츠를 입고 계신다. 아들이 자기 남방을 벗어 입혀드리니 훨씬 좋아 보인다. 벨라뎃다가 머리를 매만져 드리고 촬영이 시작된다. 연신 할머니가 웃으시도록 땀을 흘리며 "좋아요, 좋아." 하며 촬영하는 아들의 뒷모습이 아름답다. 전문가다운 포스가 풍긴다. 찍은 사진 몇 컷을 보여 준다. 지금까지 마리아 자매님이 이렇게 환하게 웃는 밝은 모습을 본 적이 없다. 마리아 자매님의 멋지고 소중한 그리고 언젠가 잘 쓰일 장수사진을 찍기 위해 나와 벨라뎃다는 모시고 가고 아들은 소중한 땀을 흘린 기쁜 날이다.

홀로 누워 2024.6.22.

깨어 누워 있다. 서서히 밝아옴을 느낀다. 그 어느 때인가 잠에서 깨 함께 누워 있을 때 부른 이 노래를 부른다. "이른 아침에 잠에서 깨어 바라볼 수만 있다면…" 지금이나 그때나 그 다음 가사를 모른다. 그런데 그때는 이어서 불러줄 사람이 있었다. 그러나 지금은 여기가 끝이다. 《동행, 그리움 되다》라는 제목의 의미가 다가온다. 함께했던 그 시간이 지금 혼자 누워 눈물이 되는 것이 그리움이구나!

여행을 한다. 충주 학교로, 수안보성당으로, 영세 받던 날로 가 보고 싶다. 텅 빈 성당에서 아일랜드 신부님과 총회장이신 대부님, 혼배성사로 부부가 될 나와 남편이 함께 있던 그때로 간다. 그날 미래의 남편은 '노 아오스딩'으로 태어났다. 이렇게 우리의 인연은 시작되어 43년이 흐르고 뚜벅뚜벅 그곳을 바라보며 홀로 걷고 있는 지금. 홀가분하다. 자유롭다. 행복하다. 감사하다.

그리고 가야 할 곳을 바라보며 그 길을 알려 주는 분이 있어 좋다. 이렇게 하루를 시작한다.

허송세월 2024.7.1.

집을 나선다. '맑은 안과'에 가니 10여 명이 대기하고 있다. 차례가 되어 진찰하니 '다래끼'가 아니라 염증이란다. 피곤할 때 입속이 헐 듯 눈에 생긴 염증이다. 약국에서 처방약을 받아 집으로 향한다.

한빛서점으로 간다. 김훈의 《허송세월》을 산다. 집으로 와 '나는 허송세월로 바쁘다'에 꽂혀 책의 앞과 세 부분을 읽는다. 작가는 48년생이니까 나보다 3살 아래이고 일산에 산다. 나는 80이라고 말하고 작가는 80이 가깝다고 말한다. 그러면서 노년의 일상과 느낌을 풀어내고 있다.

나도 오늘 '허송세월'로 바빴나? 아들 밥 차려주고 병원가고 깔깔회 모임을 생략한 대신 전화 걸어 모임 후기 듣고 자두 먹이려고 베로니카 부르고 산책하고 신작 읽고 하루를 돌아보며 잠자리에 들고.

이렇게 노년의 하루를 보냈다. 작가의 말대로 "햇볕을 쪼이면서 허송세월할 때 내 몸과 마음은 빛과 볕으로 가득 찬다." 노년의 허송세월은 "혀가 빠지게 일했던 세월"(34쪽)만큼 빛과 볕으로 가득하기를, 그런 하루하루를 지낼 수 있기를! 그 시기의 아름다움을 듬뿍 받을 수 있기를!

혼밥 2024.7.7.

비가 오락가락하다가 그쳤다. 해바라기 그림 스케치한 것을 칠한다. 5시 넘어 산책을 나선다. 소나무 숲속을 기차 소리 들으며 걷는다. 루멘 스튜디오에 아들은 없다. 다시 걸어 늘 지나쳐 가고 들어가지는 않았던 곱창구이집에서 소내장탕으로 저녁을 먹는다. 이제 어디서든 혼밥이 익숙하다.

10여 명의 젊은이들이 시끌벅적하다. 내 옆에는 노부부 두 쌍이 두 테이블을 차지하고 있다. 저 안쪽에도 두 팀 정도가 먹고 있다. 그러고 보니 나만 혼자 먹고 있다. 소 내장의 껍질과 고기를 부추 넣은 간장에 찍어서 다 먹는다. 콩나물도, 신김치도 맛있게 먹는다. 밥을 국물에 다 말았더니 좀 많다. 조금 남긴다.

밖은 비가 오고 있다. 주인 아주머니가 친절하게 우산을 챙겨 주신다. "그냥 맞을래요.", "또 오세요."를 뒤로 하고 천천히 걷는다. 조끼의 모자를 쓰고. 좋다. 자유롭다. 비가 나와 함께 걷는다.

집에 들어와 옷을 다 세탁기에 넣고 샤워했으니 오늘 일상이 마무리되었나? TV를 켠다. '피아니스트의 전설'이라는 영화를 하고 있다. 언젠가 본 것 같지만 계속 본다. 배에서 태어나 피아노를 치며 배에서 생을 마감하는 피아니스트.

우리는 이 지구상의 어느 한 부분에서 태어나 주어진 일을 하며 살다가 간다. 나는 어느 날 이곳 뒷마을 계곡, 후곡마을에서 생을 마감하면 좋겠다. 기쁘게!

다시 레슨 2024.7.10.

10시 미사 가기 위해 집을 나선다. 그런데 샘의 메시지가 눈에 띈다. "11시에 차 마시러 가도 될까요?" 어쩐 일일까? 시술 후 건강은? 먹는 것은? 반갑기도 하고 걱정되기도 해 "12시 가능." 하며 성당으로 간다. 미사 후 잠시 머문다.

집으로 와서 기다리니 마른 몸매의 모습이 웃으며 들어온다. 식탁에 마주 앉아 이야기한다. 시술 후 집으로 와서 먹는 것이 좋아졌단다. 고기를 쌈에 싸서 먹는 것이 맛있단다. 세상에! "오, 하느님 감사합니다."가 절로 나온다.

그런데 나의 그림방으로 들어간다. 혼자 그리던 그림에 붓을 댄다. 이렇게 수요일의 그림 레슨이 다시 시작된다.

만남 2024.7.11.

혼자 점심을 먹고 멀리 정발산을 바라보며 앉아 있다. 장마철이 믿어지지 않을 만큼 날씨가 좋다. "어제 만남은 어떠셨나요?"라는 메시지에 국 샘과 통화한다. 이야기가 펼쳐진다. 그리고 갑자기 '지금 이 시간' 아빠께 가고 싶다는 생각을 말한다.

3시 쯤 집을 나서니 앞집 엄마가 나와서 함께 엘리베이터를 탄다. 주차 장으로 가더니 형제님이 차에서 나온다. "어디 가세요? 모셔다 드릴까요?" 앞집 인연이다. 내 차로 언젠가 긁어 놓았던 카니발을 타고 20여 분 만에 도착한다. 고향처럼 언젠가 내가 올 곳이어서 그런지 편안하다.

의자를 돌려놓고 아빠와 마주 앉는다. 정환이 결혼식 때 앉아서 손님을 맞던 그 환한 웃음이 반긴다. 재이와 지완이를 바라보는 모습도 정겹다. 그 냥 앉아 바라보는 것이 좋다. 집에서 식사 후 손잡고 앉아 있는 것같이. 아 무도 없다. 나의 기도 소리만 울린다.

익숙해진 나무 사이를 걷는다. 바람이 나무 사이로 분다. 새들이 지저귄 다. 흙을 밟는 나의 발걸음 소리, 숨소리. 아직도 약간 불편한 눈 속에서 감 도는 눈물. 감사한 시간이다. 혼자이지만 함께하는 시간이다.

감사 2024.7.16.

친구 동인이가 말한다. "너의 책을 읽으면 너는 감사에 중독된 사람인 것을 알 수 있다." 토마시 할리크는 《하느님을 기다리는 시간》에서 말했다.

> 건강한 정신의 사람들은 조화로운 세상을 감사하는 마음을 통해서 하느님을 향해 가고 병든 영혼의 사람들은 대체로 '거듭남'의 기회를 주는 위기를 통해 서 하느님을 향한다.(244쪽)

내가 건강한 정신(문제없는 유형)의 사람인지는 모르겠다. 조화로운 세상을 감사하는 마음보다 지금까지 나의 삶 구석구석을 이끌어 주심에 감사함이 내 마음 아닐까? 어찌되었든 나는 감사에 중독된 사람인 것은 사실인 것 같다.

놀이 2024.7.21.

재이 엄마는 못 왔지만 중식당 공화춘에서 온 식구가 모여 점심을 먹는다.
"제가 무엇이기에 이리 큰 행복을 주십니까!"

집으로 와서 과일과 큰애들이 주문해 온 커피로 후식을 한다. 재이와 지완이는 오전 때와 같이 놀이에 빠져 있다. 재이가 "물감 놀이 안 했네." 하고 말할 정도로 그림 놀이까지 해야 놀이를 다한 것이 된다. 바라보는 나도 아이들 놀이의 일부가 된다.

가고 나서 오래전부터 하루씩 읽어 온 스즈키 히데코 수녀님의 글을 읽는다. '놀이는 삶의 홀소리'라고 말하며 숨바꼭질하는 어린이들에 대해 이야기한다. 그 진지함과 놀이 속에 살고 있는 모습에 대해서도 말한다.

우리 셋도 숨바꼭질을 한다. 지완이와 나는 재이 술래가 올 때까지 한구석에 숨을 죽인 채 몸을 숨긴다. 눈을 번쩍이고 호기심 어린 미소를 띠며 나를 바라보고 있는 지완이의 모습 속에서 그 시간이 정지되는 것같이 느껴진다.

삶의 소중한 순간이 훅 지나가 버릴 것 같아 아이의 손을 꼬옥 잡고 있는 삶의 홀소리, 소중한 놀이이다!

별의 지도 2024.7.30.

아들이 10시 예약이 있다며 아침 먹고 샤워하고 "엘리베이터 불러줘." 하며 출근한 후 나는 피아노 연습을 한다. 11시 30분부터 레슨하고 집에 오니 1시가 다 되었다. 남은 밥에 김치찌개와 가지볶음으로 점심을 한다.

이어령 작가의 《별의 지도》를 읽는다. 2022년 돌아가시고 유고를 정리한 책이다. 아직도 나올 책이 많다고 한다. 본인이 일생 해 온 일로 이렇게 성과를 내다니! 내 핸드폰에 저장해 둔 이어령 선생의 글귀이다.

"설명할 수 있는 것을 설명하는 것이 과학입니다. 반면 설명해서는 안 되는 것을 설명하는 것을 우리는 종교라고 합니다. 그리고 설명할 수 없는 것을 설명하는 것이 시(예술)이지요."

이 글을 국 샘에게 보냈다가 다음 답을 받는다. "교수님은 과학자이며 종교인이며 예술인입니다. 별의 지도를 그리시는 멋진 분이십니다."

"아이구, 선생님. 부족하니까 조금씩 노력하며 살 뿐, 심심하니까요!"

뻐꾸기 가사 2024.7.31.

풀벌레 소리를 듣고 누워 있다가 피아노로 연습했던 뻐꾸기 노래 가사가 생각났다.

뻐꾹 뻐꾹 봄이 가네
뻐꾸기 소리 잘 가란 인사
복사꽃이 떨어지네

뻐꾹 뻐꾹 여름 오네

　　뻐꾸기 소리 첫 여름 인사

　　잎새 새로 돋아나네

　이렇게 해서 익은 복숭아를 7월 20일경부터 8월 중순까지 따고 떨어진
다고 한다. 그래서 맛있다. 동생이 지금 한창 바쁠 때다. 우리 냉장고에도 7
월 19일에 가져 온 복숭아가 "날 먹어 주세요." 하며 기다리고 있다.

　이제 입추(8.7.)가 오고 말복(8.14.)이 지나면 여름이 지나 가을이 온다. 그러
면 대추가 익어 간다. 가사를 바꿔 적어 본다.

　　뻐꾹 뻐꾹 여름 가네

　　뻐꾸기 소리 잘 가란 인사

　　복숭아 떨어지네

　　뻐꾹 뻐꾹 가을 오네

　　뻐꾸기 소리 첫 가을 인사

　　사과대추 익어 가네

　행복하고 감사한 7월의 마지막 날 아침이다.

까치골 해바라기　2024.8.1.

　넷째가 농장에서 찍은 한 송이 해바라기 사진을 보내 왔다. 6F 캔버스에 하
늘을 좀 더 넣어 그리면 좋을 것 같다. 그렇잖아도 지원이 새집에 준 해바

까치골 해바라기 6F oil on canvas 2024

라기가 서로 마음에 안 들었는데 새 해바라기를 그려 보자.

이렇게 해서 그릴 것이 자꾸 생기니 계속 그려야 하나 보다. 자유롭게, 재이같이!

더위 2024.8.4.

재이네가 10시 30분경 도착한다. 너무 더워 집에서 누룽지백숙을 주문한다. 며느리 쭈리는 로봇청소기로 거실과 안방 청소를 지시한다. 빌에 밟히는데도 너무 청소를 안 한 나도 참 나다. 집안일이라고는 먹을 것과 빨래뿐이었으니 잘도 버텼다.

아이들 놀이의 세계는 무궁무진하다. 부모는 넘어질까 봐 지켜보며 잔소리하고 나는 바라보고 또 함께하며 즐긴다. 놀이의 시간이 있으면 끝나는 시간이 있고 헤어질 시간이 오게 마련이다.

재이네가 떠나고 올라와 돼지감자와 논다. 해도 해도 잘 안 되는 '노란색의 향연', '깊은 물속의 세계' 그리고 '하늘이 비치는 물의 세계'는 끝이 없다. 그래서 오래 그려도 끝없이 이곳에 빠져드는가 보다. 이렇게 끝도 없이 펼쳐지는, 그릴 수 없는 것을 그리는 것이 그림인가 보다.

마무리하고 보니 8시가 넘었다. 주위 공원을 산책하며 이 더위로, 또 다른 무언가로 힘들어 하는 우리 곁에 예수님이 부활하심을 묵상한다. 많은 전력 소비로 단지 몇 동이 정전인지 사람들이 나와 웅성거린다. 에어컨을 끈다. 작은 부분이라도 보탬이 되고자 선풍기를 켰다 끄다 하며 이 밤을 지내보자. 다행히 정전된 동에 전기가 들어온 것이 보인다. 이 또한 지나가리라.

돼지감자꽃 4F oil on canvas 2024

성당 봉사 2024.8.18.

오늘은 10구역 성당 봉사의 날이라고 오래전부터 구역 카톡에 올라와 있다. 어제 토요일 6시 특전미사를 했지만 생전 처음으로 봉사를 하고 싶어 10시 20분경 차를 몰고 갔다. 2층 성전 앞에서 익숙한 얼굴들이 반긴다. 주일 11시 교중미사에 오는 교우들에게 주보 주는 봉사를 하기 위해 많은 자매들이 모였다. 함께 사진도 찍는다.

　나는 시원한 성전으로 들어가 익숙한 자리에 앉는다. 두 번 듣는 주임신부님의 강론이 조금 더 이해가 된다. "1만 5천 년 전의 유적 발굴 작업 중 그전까지 없었던 두개골이 발견되었다. 상처를 입고 그것이 회복된 흔적으로 보아 누군가의 보살핌을 보여 주는 최초의 유적"이라고 한다. 그 후로 서로 보살핌의 시간이 곧 역사이다. 예수님이 오시어 함께하는 시간, 그 후 계속되는 공동체 시간의 아름다움. 다 기억은 못하지만 '시간의 의미'를 깨닫게 해 주신다.

　일생 처음 해 보는 성당 청소 시간에 형제분들은 대성전 바닥을 닦으시고 나는 젖은 걸레로 성당 장의자의 등받이와 나무 탁자를 닦는다. 그 사이 주님은 "젬마야, 나이 80에 처음으로 나의 집 청소를 하는구나." 하시며 바라보신다. "그러게요. 지금에야 철이 났나 봐요."

제자들 2024.8.23.

피아노 연습이 끝나고 천천히 공원 길을 걸으며 생각에 잠긴다. 기다리고 있던 미영이와 만나고 조금 후 도착한 대균이 차를 타고 이동한다. 결정된 곳은 VIPS. 뷔페를 먹으며 이야기가 오가다 대균이의 근황을 듣는다. 어제 화장실에서 오른쪽 무릎을 다쳐 피가 많이 났단다. 깁스, 다행히 뼈는 괜찮단다. 거의 20년을 일벌레로 살아온 회사 동료와 상사들 얘기를 한다. 학교에만 있던 나에게는 젊은이들의 치열한 삶이 새롭게 눈앞에 펼쳐진다. 결국 사퇴하기로 결심해 통보하고 매일 울다 뒹굴다 하다가 신경과 약을 먹기 시작하고 나를 만나러 온 것이다.

50이 되기 전에 온 이 변화의 의미는? 새로운 단계로 넘어가기 위한 늦은 각자 다르지만 의미가 있지 않을까? 그동안 몸이 상할 정도로 너무 애썼다고 주위의 누군가를 통해 너에게 말씀해 주시는 것이 아닐까? 지금은 그 사람 때문이라고 말하지만 어느 때인가 그 사람 덕분에 새로운 단계로 넘어갈 수 있었다고 감사할 시기가 오지 않을까. 때문에 나는 너를 믿는다. 이겨낼 수 있음을. 30여 년을 너와 함께한 시간이 말해 준다.

두 제자는 나의 책과 그림(최후의 만찬, 노아의 방주)을 갖고 떠나갔다. 예수님의 고통을 함께하고 새로운 마음으로 어머니와 함께하는 시간이 어떻게 좋은지 깨닫게 해 주심에 감사하며 인연들에게 파이팅을 보낸다.

누운 소나무 2024.8.26.

'앞산은 멀고 멀다'를 완성하고 누운 소나무를 그린다. 뿌리는 땅 속에 있는데 거의 누워 있다. 주위에는 소나무를 정리한 것들이 쌓여 있다. 줄기를 중심으로 잡고 자세히 사진을 보니 잎과 솔방울이 보인다. 나이가 많아서, 아니면 다른 이유로 똑바로 서 있던 것이 땅에서 30도 가량 누워 있게 되었을까? 뽑힌 것은 아니다. 솔방울이 많은 것을 보니 힘든 것은 사실인 것 같다.

나를 닮았나? 아니면 전반적인 노년의 여정 모습인가? 다음 단계는? 잎과 솔방울을 그려 넣어야겠다. 그 생명의 움직임을 어떻게 표현해야 할까? 그리고 나에게는?

아빠에게 보내는 편지 2024.8.27.

오늘 새벽미사에 다녀왔습니다. 당신 본명 아오스딩 축일이라고 촛불 켜서 성모님께 바친 것도 아니고 그렇다고 따로 연미사 봉헌도 하지 못했습니다. 그냥 미사를 드리고 싶어 뚜벅뚜벅 걸어서 건널목 건너고 또 걸어서 성당으로 올라갔습니다. 그리고 미사 후 다시 걸어서 집으로 왔습니다.

어제의 일들이 필름처럼 흘러가는 시간을 가졌습니다. 당신에게 보고할 일들이 많네요. 시작은 당신이 계시던 어느 날 주일미사에 다녀왔을 때지요. 지하주차장에 차를 세우다 기둥에 차를 긁히고 옆 차도 조금 상처가 났습니다. 마침 주환이가 와 있던 터라 내려와서 주차를 하며 한마디, "엄마, 이제 운전 그만하면 안 돼?" 그 후 당신이 가시고 뒤 주차장에 차를 세우던 어느 날 또 카니발에 상처를 내고 내 차도 긁혔습니다. 전화번호가 있길래

앞산은 멀고 멀다 8S oil on canvas 2024

와송 8S oil on canvas 2024

전화를 했더니 앞집 아저씨가 내려오는 것이었습니다. 그러면서 그 흠집을 회사에서 처리할 테니 걱정 말라고 하며 말합니다. "언제 운전 그만 하시나요? 저에게 주세요. 오랫동안 눈여겨보았거든요."

그래서 두 번에 걸쳐 그 흠집을 세덴에서 수리했습니다. 요사이 노인들의 차 사고가 자꾸 보도되어 아이들이 걱정하고 나도 이제 정리할 때가 되었나 보다 하고 지난 일요일 미사에 가면서 "마지막이다." 하며 마음속으로 인사를 했습니다.

그래서 어제 2시 앞집 부부와 함께 소유이전 절차를 밟기 위해 사무실에 가서 공식적으로 앞집 아저씨의 차가 되었습니다. 16년 동안 정들었던, 당신이 사 주었던 그 '창조, 제네시스'가 이제 우리 차가 아니라 앞집 차가 되었습니다. 그래도 다행인 것은 가끔 볼 수 있어서 좋습니다. 그리고 루멘 스튜디오 운영하는데 꼭 필요한 좋은 컴퓨터를 정환이가 그 돈으로 살 수 있어서 무언가 원하는 것을 한 듯 싶어 행복합니다. 예전에 소나타를 보낼 때 신도 신부님의 컴퓨터로 다시 살아났듯이 제네시스도 누군가의 중요한 자리를 차지하고 있을 것 같아 감사합니다.

43년을 함께 살아오면서 큰 일, 작은 일에 당신의 손길이 배어 있는 것을 느낄 때면 감사에 또 감사를 드리는 나날입니다. 이제 정말 남아 있는 하루하루를 뚜벅뚜벅 잘 걸어서 다니겠습니다. 그리고 함께하겠습니다. 오늘 하루도 응원해 주세요.

둘째 며느리 정주리 로사가 보낸 글 2024.8.29.

오늘 아침 출근하는데 신선한 바람이 불어 재이에게 바람이 너무 좋다고 말했더니 재이가 그래요.

"엄마, 내가 이제 이 바람의 이름을 지었어. 기쁨을 싣고 오는 바람이야. 할아버지가 하늘에서 보내 주는 바람이야."

"할아버지가 재이를 사랑하셔서 시원한 바람을 보내 주셨구나."

"엄마도 엄마의 할아버지가 바람을 보내 주셨을거야."

"엄마는 데이나기도 전에 할아비지가 돌아가셔서 할아비지 얼굴도 몰라."

재이가 잠시 생각하더니 "그럼 엄마의 할아버지가 보내신 게 맞네. 엄마가 얼마나 보고 싶었겠어."

출근길에 뭉클해진 마음이 아직까지 이어지네요. 어머님께 이야기해 드리고 싶어서 글로 옮겨 봤어요.

저녁에 정환이가 와 함께 식사를 한다. 명희가 저녁 약속이 있어 외출해 온 것이다. 나는 방가방가다. 며칠 전 화장실 바닥으로 물을 뿌리다가 놓쳐서 샤워기가 부러졌다. 그랬더니 새 샤워기를 갖다가 달아 준다. 고맙다.

밥을 먹으면서 자동차보험 해지와 마무리에 대한 이야기를 나누다가 동생에게 내가 100만 원을 줄까 한다고 말한다. 그랬더니 자기가 엄마에게 컴퓨터를 사기 위해 받은 돈에서 반을 주겠다고 하며 동생에게 전화를 건다. 그동안의 일을 얘기하며 계좌번호를 물어 핸드폰으로 이체한다. 본인이 받은 몫에서 반을 주는 마음 씀씀이가 고맙고 감동이다.

며느리가 보내 준 재이 이야기를 보여 준다. "주환이는 어렸을 때도 글 잘 썼어." 하며 동생 닮았다고 칭찬한다. 주환이가 지은 '눈'이라는 시가 있다.

시

우리동생 꽃을 물주네
넌지완를 -생 이 귀엽다.

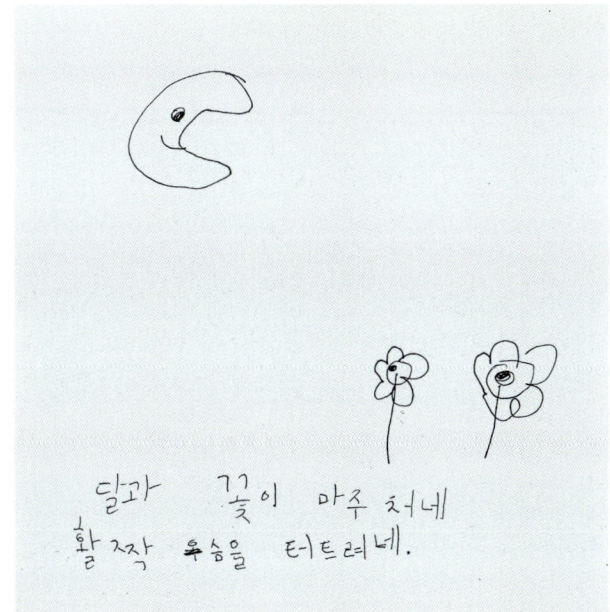

달과 꽃이 마주 치네
활짝 웃음을 터트리네.

노재이의 시와 그림

눈

모락모락 자란

잔디를

눈이 소복소복

덮는다

눈은 주위 풍경을

멋있게 만들고

세상을 하얗게

덮는다

내가 눈을 뿌려 주는 천사라면

눈을 많이 내리게 해 주겠다

일산으로 이사 오고 나서 아이들이 '한우리 독서교실'에 다닌 생각이 난다. 그때 글을 모아 내 준 작은 책자도 있다. 그러고 보니 어느 날 아이들 그림일기 그린 것을 보다가 주환이 것 3권을 챙겨 놓은 생각이 난다.

개봉초등학교 2학년 그림일기, 개봉초 4학년 그림일기, 신일초 6학년 일기를 훑어본다. 이번 주말에 오면 주어야겠다. 영종 부모님, 우리 부부, 아들 둘과 그 아기들로 이어지는 감사와 행복한 시간이다.

9시가 넘어 명희를 데리러 큰애가 가고 나는 소파에 홀로 앉아 있다. 그러나 혼자가 아니고 함께이다. 감사의 마음이 흐른다. 6시 43분에 다시 며느리가 보낸 글이다.

"지완이가 자기가 어린이집 가 있는 동안에 곰돌이는 집에서 지완이 장난감 가지고 실컷 놀다가 냉장고 열어서 지완이의 치즈 하나, 요구르트 하

큰며느리 명희 6F oil on canvas 2024

나, 음료수 하나 꺼내 먹고 쉰대요. 지완이 것 먹어서 어쩌냐고 했더니 딱 한 개씩만 꺼내 먹어서 아깝지 않다고 하네요. 제가 작가를 둘이나 낳았네요."

나의 말 "이렇게 일기를 정리해서 쓴 작가도 있으니 셋인데." 이렇게 행복한 하루를 마무리한다.

외로운 날 2024.9.24.

오늘은 좀 외로운 날이다. 너무 먹어서 살도 찌고 얼굴은 보톡스 맞은 것 같고. 그래서 음식을 줄이려고 하니 그동안 먹는 것으로 해소를 했는지 공연히 자매들 전화도 기다려지고. 언제 일산에 오지 않으려나 생각나고.

그래도 전화 안 하고 카톡도 안 하고 피아노 치고 두어 시간 그림 그리는 것으로 하루를 무사히 달랜다. 저녁이 되니 마음이 편안하다.

시월이다! 2024.10.1.

시월이다. 비가 조금씩 온다. 지구가 가열된 듯 네 달인가, 다섯 달인가 지속된 이 찜통 더위가 지나가겠지? 그러나 많은 '집콕' 덕분에 책도 많이 읽고 그림 그리고 피아노 연습도 하고 그리워도 하고 '혼자 그리고 함께' 사는 것이 무엇인지 익혀가기도 하였다. 눈을 뜨고 누워 다가오는 멋진 시월이 되기를 바라본다.

남궁 샘 방문 2024.10.3.

삼촌이 8시간 빌린 차라며 거의 새 차인 소나타를 몰고 나를 태우러 왔다.
차를 폐차하고 필요할 때 다양한 차를 임대해서 타고 있다. 영숙 씨를 태우
고 근처 꼬막비빔밥을 맛있게 먹고 옆 카페로 이동해 빵과 디카페인 커피
를 마신다.

  이제 '서울시니어스타워 가양본부'로 출발, 32년생인 불편하셔서 외출이
자유롭지 못한 남궁 샘을 뵈러간다. 깜짝 방문에 반가워 어쩔 줄 모르신다.
10시부터 저녁 6시까지 요양보호사가 돌보고 계셨다. 각자 다른 인연으로
만난 우리 네 사람, 이렇게 뵙고 이야기 나누고 하다 보니 시간이 흐른다.
보호사와 함께 굳이 주차장까지 배웅을 나오셨다.

  누구나 조금씩은 다르지만 하느님께 가는 여정을 받아들이며 사는 것이
사람의 삶이다. 나는 어디쯤에 와 있는가? 하느님이 바라보신다. 나도 바라
본다. 편안히!

광화문에서 2024.10.7.

광화문에 너무 일찍 도착했다. 깔깔회 만남은 한 시간이나 남았다. 오랜만
에 교보문고에 들어간다. 뚜벅뚜벅 걷는다. 잘 전시되어 있는 책들이 보인
다. 수많은 글쓴이들이 열심히 혹은 취미로 씨서 출판되었을 소중한 책들
이다. 누군가에게 힘이 되어 주는 책이다.

  작은 헝겊가방에 들어가고 지하철이나 집에서 읽을 수 있는 책 하나 살
까? 교보문고를 나올 때 친구가 되어 준 책은 《그저 클래식이 좋아서》이다.

어떤 세계가 펼쳐져 있을까? 작가 홍승찬의 일상으로 들어갈 수 있을까?

산채향에서 노년의 헛발질들의 경험 이야기가 무르익어 간다. 더덕구이가 향기롭다. 나의 먹성 때문에 남기지 않아 우리 셋의 식탁은 깨끗하다. 카페로 이동해 디카페인 라떼의 맛을 즐긴다. 한 샘이 들고 온 망고 말린 것과 일본 과자가 어울린다.

어지러운 광화문 거리를 지나 지하철 5호선을 타고 공덕에서 경의중앙선으로 갈아타고 와 일산공원 길을 걷는다. 건널목 건너 우유 아줌마에게 우유 한 병을 사니 요구르트 2개는 서비스다. 빨래를 돌리고 씻고 앉아서 사 온 책을 읽는다. "낡은 것을 지니고 묵은 것을 그리는 마음이 클래식입니다." 오늘 나의 선택이 한동안 친구가 될 것이다.

오늘 하루 뚜벅뚜벅 걷고 타고 만나고 먹고 마시고 책 한 권의 친구가 생기고. 이만하면 좋은 노년의 하루가 아닌가?

재이 생일 2024.10.16.

내일이 재이 생일날이라고 아들이 알린다. 잘 잊어버리는 엄마를 배려해 준다. 재이에게 편지를 보낸다.

"우리 재이 생일이네. 축하 축하! 재이 이름만 들어도 할머니는 행복하고 또 행복해! 재이가 태어나는 그 순간부터 모든 식구의 기쁨이 되었지. 글과 그림을 통하여 많은 이야기를 했지만 더 많은 것들이 마음속에 간직되어 있어. 할머니와 할아버지의 손녀, 엄마와 아빠의 딸, 큰아빠와 큰엄마의 조카, 지완이 누나! 그리고 노재이 글라라는 하느님의 자녀이지. 재이 자신으로 행복하고 의미 있고 기쁘게 살아가기를 기도하며 재이 생일 축하해!"

신부님 방문 2024.10.17.

양주 시메온의집(퇴직 사제들의 집, 요셉 수도원)에 계시는 김영남 신부님을 방문하는 날이다. 구역장 우르술라와 광화문으로 이사 간 요안나 그리고 나 셋이서 출발해 한 시간 좀 걸려 도착한다.

마치 어제 뵈었던 것같이 친숙한 신부님이 반기신다. 이탈리아를 간 것같은 멋의 광릉숲길 음식점 FILIPPO에서 리조또와 스파게티, 피자로 점심을 하고 수도원 근처의 숲길을 산책한다. 계수나무 등의 숲 향기를 온몸으로 느끼며 신부님들이 머무시던 오래 비어 있는 성당과 방들을 둘러본다.

한창 짓고 있는 새 건물을 지나 신부님의 방으로 간다. 준비하신 차와 배, 과자 그리고 내가 갖고 간 대추와 귤을 먹으며 소중한 이야기들이 오간다. 신부님의 깜짝 선물. 미리 주문해 놓으신 《베르나데트의 노래》에 한 권씩 사인해 주신다. 5시경 출발해 6시쯤 일산에 도착한다.

오늘 아침 구역장의 메시지는 "두 분의 담소 나누시는 모습, 옛 수도원 산책. 모두 꿈결 같은 좋은 하루였습니다." 정말 그랬나? 꿈같은 하루!

소래포구 여행 2024.10.21.

소래포구에서 가족 모임이 있는 날이다. 서해선을 타고 초지에서 내려 수인분당선을 타면 될 것 같다. 가끔 성심학교에서 두 차로 나눠 타고 소래에서 점심하던 옛날 생각이 난다. 얼마나 달라졌을까?

10시 43분 일산에서 타고 1시간 정도 걸려 초지에서 내리니 식구들이 탄 수인분당선이 지나가 버렸다. 덕자만 내려 나를 기다리고 있었다. 네 정거

장 가니 오이도. 사람들이 모두 내린다. 인천 가는 것이 아니라 4호선 오이
도행을 탄 것이다. 내려서 이동해 수인분당선으로 갈아타고 세 정거장 지
나니 소래포구다. 동생과 함께 가지 않았으면 너무 달라져 찾아갈 수 없었
을 것이다.

　5개의 호떡집이 있는 3호점에서 언니, 막내 부부, 다섯째 부부가 종이컵
에 담긴 호떡을 먹으며 기다리고 있다. 덕자와 나도 뜨거운 쑥호떡을 베어
문다. 달콤하고 맛있다. 먹으며 한참을 이동한다. 튀김집, 해물칼국숫집을
지나 '고래상회'에서 머문다. 여기에서 각자 필요한 젓갈을 살 거란다. 그
옛날 포구 앞에서 젓갈 필고 길가에서 바로 잡아 온 게 팔고 하는 모습은
사라졌다. 다섯째 부부가 시장 속으로 가고 우리는 음식점으로 이동해 앞
에 놓인 의자에 앉아 구경하며 기다린다. 마치 동남아 어느 곳을 여행하는
느낌이다. 김장철이 가까워서 그런지 월요일인데도 사람들이 많다.

　카트를 끌기도 하고 검정 비닐봉투를 들고 가는 사람들 모두가 나이 지
긋한 분들이다. 안으로 들어가 다섯째 부부가 사 온 주꾸미와 소라를 데쳐
먹기 시작한다. 먹물이 가위질하던 덕자의 새로 산 듯한 멋진 상의에 튄다.
어쩌나! 해물칼국수 3인분에 또 3인분씩, 먹어도 먹어도 남는다. 국물이 시
원하다. 고래상회로 건너가 각자 필요한 것들을 산다. 아무것도 안 살 것 같
던 나도 육젓 1㎏ 3만 원, 명란 2만 원어치를 사고 낙지젓 만 원어치를 산
다. 나도 검은 봉투를 든 할머니가 된다. 넷째가 초지에서 헤어질 때 주겠다
며 카트에 넣는다.

　카트들을 상회에 맡기고 이제 시장 구경에 나선다. 줄지어 있는 젓갈류
상점 사이에서 게, 주꾸미, 소라, 조개들이 살아 움직인다. 옛날에 배가 막
들어온 곳에 게를 쏟아 놓고 팔던 생각이 난다. 6명이 헤어졌다 부르며 쉬
다 이동한다. 막내 제부는 마치 아들인 양 거동이 불편한 언니의 팔을 붙들

며 함께 걷는 모습이 아름답다. 이렇게 시장 구경하고 갈매기의 소리 들으며 물이 들어오고 있는 갯벌을 바라보며 앉아 있다가 또 천천히 이동한다. 70, 80대의 노인들이!

소래역사관을 지나니 튀김집들이 줄지어 있다. 튀김을 먹고 가지 않으면 안 될 것 같아 다시 머문다. 제부 둘은 소주 한 병까지 마시며! 언니는 막내 제부와 다른 길을 가서 이미 역 근처에 앉아 있다. 다섯째 제부만 합류한 것이다. 옆자리에 떠들썩하게 있던 사람들이 떠나고 그 자리에서 핸드폰이 요란하게 울린다. 덕자가 받았다. 주인이 나타나 고맙다며 튀김을 드리라고 주인에게 만 원을 준다. 그래서 담아 포장하니 기다리는 언니 몫이 된다.

카트 하나는 보덕이가 끌고 다섯째 제부가 끄는 카트는 파란 비닐로 얼기설기 묶여 있다. 손잡이 아래 부분이 망가져 있다. 초지에서 안녕을 하고 한 시간을 더 타 대곡에서 내려 일산행으로 바꿔 탄다. 어둑어둑해진 익숙한 공원 길을 걸어 집에 오니 7시가 넘었다.

오늘의 공짜 여행은 젓갈을 덤(6만 원)으로 받은 것. "즐겁고 행복한 하루였습니다. 덕분에!" 막내가 도착해 산책 중이라며 전화로 안녕한다. 멋진 하루 여행이다.

책, 피아노, 그림   2024.10.29.

지난 토요일 피아노 조율 후 낮은 도 이하를 낮은 곳에서 치면 무슨 떨림 같은 것이 들린다. 조율사 님께 전화를 걸어도 괜찮을 거라고 하신다. 한 시간 정도 연습하는데 계속 신경이 쓰인다. 11시 반부터 레슨 후 피아노 샘께 이야기한다. 함께 걸어서 집으로 온다.

샘이 건반을 눌러 보더니 피아노 위에 놓여 있는 납작한 초가 담긴 접시를 들며 "이것 때문이네요." 한다. 왜? 그 위에 세 개의 집게가 있다. 피아노 책을 찝어 놓을 때 쓰는 집게를 그 위에 올려 놓은 것이 원인이란다. 치우고 건반을 누른다. 정말 귀신같이 깨끗한 저음이 울린다. "와우, 명의가 따로 없네." 어느 분야든 딱 집어내어 해결해 주는 명의가 있는 법이다.

월요일 산책하다가 베로니카와 함께 '그림이야기' 화실에서 산 한강 시인의 《서랍에 저녁을 넣어 두었다》를 들쳐 본다. 어렵다. 해설을 읽는다. "말할 수 없는 것에 온전히 도달할 수 없는 언어의 한계 때문에 오히려 '침묵의 이미지'인 미술에 더 관심을 두게 되있다." 어느 때인가 오래 진 "이 그림은 무슨 의미가?" 하고 질문하는 나에게 "그림은 설명하는 것이 아니에요. 그냥 보세요." 하던 말이 떠오른다.

나는 무엇을 어떻게 그리는가? 나는 삶의 여정을, 그리움을 그린다. 부족하지만 '이야기할 수 있는 그림들'이랄까. 12월 서강미술가회 전시에 내놓을 그림들을 생각해 본다. 고향에 대한 그리움, 지인들이 보내온 삶의 단편들을 그렸다. '앞산은 멀고 멀다', '와송(쉼)', '엄마와 아가들', '가을의 결실' '고향의 돼지감자' 시리즈 그리고 '행복한 날' 등이 되지 않을까. '침묵의 이미지인 그림'이라기보다 따뜻한 이야기를 듣고 그린 그림들이다.

책을 읽고(언어) 피아노를 띵동거리고(소리) 작은 캠퍼스에 이야기를 그린다(침묵). 이렇게 하루하루 나의 시간이 흐른다.

시 2024.11.3.

어제 미사 때 조 신부님이 강론에서 읽어 주신 시를 베로니카가 보내주었다.

사람은 사랑한 만큼 산다

박용재

사람은 사랑한 만큼 산다
저 향기로운 꽃들을 사랑한 만큼 산다
저 아름다운 목소리의 새들을 사랑한 만큼 산다
숲을 온통 싱그러움으로 만드는 나무들을 사랑한 만큼 산다

사람은 사랑한 만큼 산다
이글거리는 붉은 태양을 사랑한 만큼 산다
외로움에 젖은 낮달을 사랑한 만큼 산다
밤하늘의 별들을 사랑한 만큼 산다

사람은 사랑한 만큼 산다
홀로 저문 길을 아스라이 걸어가는
봄, 여름, 가을, 겨울의 나그네를 사랑한 만큼 산디.
예기치 않은 운명에 몸부림치는 생애를 사랑한 만큼 산다
사람은 그 무언가를 사랑한 부피와 넓이와 깊이 만큼 산다
그만큼이 인생이다

윤도현의 '가을 우체국 앞에서' 노래를 보내며 어제 신부님이 "저는 정발산우체국 앞에서 신자님들을 생각합니다."라고 하신 말씀을 상기시킨다. 그리고 마무리한다. "감성 풍부한 신부님 덕분에 오늘 아침을 쓸쓸한 듯 촉촉하게 보냅니다." 나도 베로니카 덕분에 낙엽 진 나무를 내려다보며 '독수자'의 하루를 시작한다.

우리 집이 화실이네 2024.11.6.

오늘은 만남의 기쁜 날이다. 샘을 만나 일주일간의 삶을 쏟아 놓고 '하늘을 향한 뚱딴지'를 그리며 그림과 일상이 겹쳐진다. 2시경 신옥 씨가 그리던 '울산바위'를 들고 들어온다. 정환이 방에 이젤을 놓고 의자에 물감 짠 것을 올려 놓는다. 그 앞 의자는 샘이 앉고 의자 두 개를 더 놓는다. 이렇게 또 화실이 차려지고 레슨이 시작된다.

나는 좀 머물다가 내 자리로 돌아와 꽃의 먼 곳 부분을 흐트려 본다. 곧 주영 씨가 짐을 잔뜩 들고 밝은 얼굴로 들어온다. 3월 전시 때 만나고 몇 달 만인가? 이제 주영 씨의 아이패드가 넘겨진다. 그림 그릴 준비가 철저하다. 문경의 사과 밭, 출판단지의 해바라기, 은행나무가 있는 풍경, 모두 멋지다. 사과밭 풍경이 화폭에 옮겨진다. 샘이 설명하며 이어지는 붓 터치. 더 이상 손대면 느낌이 사라질 것 같은 그 무엇을 샘이 가신 후 우리 둘은 계속 바라본다. 주영 씨에게 "이것은 그냥 간직하고 다른 캔버스에 다시 시작해 보면 연습도 되고." 하니 "해 볼게요." 한다.

그동안의 밀린 이야기와 묵은 사연이 쏟아진다. 시간이 얼마나 흘렀는지 이미 밖은 어두워지고 있다. 짐을 그대로 두고 낙엽 길을 밟는다. 계수나무 향기를 온몸으로 느끼며 호흡하고 팔짱 끼고 걷는다. 순댓국은 왜 이리 특별히 맛있을까? 다시 집으로 와 이야기는 계속된다. 이제 주영 씨는 50, 남편은 59세란다. 그랬구나. 몇 년이면 퇴직이고 둘만의 삶을 고민해야 될 때구나. 안아 보고 싶은 아가의 꿈을 가슴에 묻는 것이 얼마나 힘들었을까.

주영 씨 차 떠나보내고 8시 30분경 천천히 공원 길을 걷는다. 영광의 신비를 웅얼거리며. 이 새로운 만남, 아니 묵은 만남들의 새로운 시작이다. 함께해 주소서!

늦가을 날에 2024.11.26.

파아란 불이 켜지기를 기다리고 있다. 심한 바람이 떨어진 낙엽들을 휩쓸고 간다. 가로수의 큰 낙엽들, 느티나무에 매달린 메마른 잎들, 방금 떨어진 것과 이미 바닥에서 부서진 것 모두를 휩쓸고 간다. 그리고 견디지 못한 낙엽들이 사선으로 우수수 떨어진다. 파아란 신호등 선이 발아래에서 깜박거린다. 너도 나도 휩쓸려갈 것 같은 두려움을 느끼며 건널목을 건넌다. 늦가을이 지나고 초겨울이 오려나 보다.

낙엽 쌓인 공원 길을 걷는다. 비가 후두둑후두둑 내린다. 파카에 달린 모자를 쓴다. 낙엽 밟히는 소리가 바스락바스락 들린다. 계수나무에 남겨진 끝자락 향기를 맡는다. 바람이 좀 잦아드는 것 같다.

'엘리제를 위하여'의 서투른 운율이 들린다. 투박한 내 손이 내는 피아노 소리다. 언제 나만의 아름다운 소리를 낼 수 있을까. 늦가을의 깊은 소리를. 피아노 샘에게 "안녕!"을 하고 비를 맞으며 걷는다. 사선으로 떨어지는 낙엽이 아름답다. 재이와 지완이의 웃음소리가 들린다. 떨어지는 낙엽을 손

고향 산책 12P oil on canvas 2025

152

으로 받아 내기다. 재이의 환성이 들린다. "받았어. 할머니." 지완이의 몸놀림도 바쁘다. 나도 바람에 날아가려는 낙엽 하나를 두 손으로 붙잡으며 외친다. "할머니도 받았다!"

자동차가 지나간다. 움츠리며 걷는 사람들. 우박까지 후두둑 떨어진다. 따뜻한 순댓국이 속을 뚫어 준다. "혼자 먹는 사람이 많네." 든든히 먹어서 통통해진 내 배, 어느 때인가 불룩하게 임신한 배들이 많이 보이던 시절이 생각난다. 이제는 홀로 걷는 사람이다. 구부정하게 구부리고 천천히 흔들거리며 걷는 노인들이 가벼운 실루엣처럼 보이는 때! 이 또한 아름다운 때가 아닌가! 첫 우박이 동글동글 구른다. 나도 살살 걷는다. 신호등을 다시 건너고 공원 길을 걷는다.

엘리베이터 문이 자동으로 열린다. 19층까지 올라와 열쇠로 문을 연다. 번호를 잊어버릴 일이 없어 좋다. 베란다에서 잠바를 털어 건다. 손을 씻고 이를 닦고 소파에 앉는다. 고요하다.

영세증명서　2024.12.10.

서강대 교목실에 전화를 건다. 60년대(66년 또는 67년)의 견진성사 자료를 조회하기 위해서다. 답이 왔다. 학교에는 85년부터 자료가 있고 교구 소속인 아현동성당에도 없다는 것이다. 우리 성당에 보고 한다. 결국 신자 증명 서류도, 세례 시진도 없는 뿌리가 시라진 신자가 된 것이다.

목요일 10시 미사 후 본당신부님과 면담하기로 한다. 얼마 지나지 않아 성당 사무직원이 전화를 한다. 세례에 대해서도 알아보았으면 좋겠다고 한다. 수원 고등동성당 전화번호까지 준다. 60년대 초반이니 언니가 고등학생, 내가 중학생 때 세례를 받았다. 마치 언제 어디서 태어났는지도 모르고 부모가 누군지도 몰라 자기 뿌리를 찾아 헤매는 고아가 된 듯한 느낌이다. 이번 크리스마스 때 새로 세례를 받는 자매의 대모를 서기로 한 것이 시작이었다. 나에 대한 정보가 없다는 것이 밝혀진 것이다.

견진 대모인 군산 순례 언니에게 전화를 건다. 그리고 함께 고등동성당을 다녔던 언니와 통화한다. 내가 세례를 받았고 견진성사를 했다는 살아있는 증거가 세상에 존재한다는 것이 기쁘다. 오늘은 타국에 양녀로 보내졌다가 커서 고향으로 돌아온 딸이 부모, 특히 어머니를 찾아 수소문하는 마음을 조금이나마 공감하는 하루다.

다행히 성당 사무실 자매가 영세증명서를 혜화동성당에서 발견했다고 전화한다. 우리 부부의 1980년 4월 26일 혼배 때 제출한 것을 찾아낸 것이다. 단지 찾아낸 것이 아니라 그 진정한 의미를 발견했다고 해야 하나? 세상에! 내가 신자로 새로이 태어난 것이다.

이제 나는 아기 예수님과 함께 80에 새로 태어난다.

계수나무 그리기 2024.12.14.

작은 3S캔버스에 그린 계수나무 스케치를 바라본다. 작은 하트 모양이 모여 있다. 사랑의 향기를 느낀다. 작은 사랑이 모이면 큰 사랑이 된다. 10여 개의 조금 큰 하트 모양을 그려 넣어 하나의 큰 사랑을 이루게 만든다.

앞 베란다로 나간다. 아직 계수나무 잎에는 사탕 향기가 감추어져 있고 몇 잎 안 남은 다른 나무도 은은한 향기를 풍기고 있다. 마지막은 아니기를! 내년에도 새싹이 돋고 아기 잎을 지나 싱싱한 젊은 잎사귀가 되고 그래

계수나무 사랑 3S oil on canvas 2025

서 올 가을처럼 단풍 향기를 풍겨 주기를!

점심 먹고 또 이젤 앞에 앉아 있다. 주렁주렁 달린 까치골의 작은 감나무를 큰 나무로 바꾸는 방법, 하늘을 가까이 내리면 된다. 마치 큰 나무의 가지가 하늘을 배경으로 주렁주렁 열매를 매달고 있는 것처럼. 그래서 그림 그리는 것은 좋다.

빈방 2024.12.15.

우리 집에는 방이 네 개다. 아빠 서재였던 방은 피아노가 놓여 있다. 아직도 아빠 가방과 그 안에 쓰시던 물건들이 들어 있다. 그리고 책상 위에는 재이와 지완이의 화이트보드와 보드마커들이 놓여 있다. 그림들도 있다. 창고 같은 빈방이지만 내가 피아노 연습을 하고 아이들이 오면 피아노 치고 그림을 그리니 여전히 사용하는 방이다.

현관에 들어서면 왼쪽에 정환이가 쓰던 방이 있다. 정환이나 정환이 부부 그리고 주환이나 식구들이 오면 사용하는 방이다. 읽은 책들이 정리되지 않은 채 쌓여 있고 전화기와 아이패드를 충전하기 위해 자주 들락거린다. 주인 없는 다용도방이다. 그 맞은편은 주환이 방이었던 방이다. 주 용도는 그림방이다. 물감 향기가 배어 있고 완성된 그림과 그리고 있는 그림들이 기대어 있다. 이젤도 놓여 있다. 어찌 보면 내가 좋아하는 공간이다. 이불이 있던 장에는 재이와 지완이의 놀이 잡동사니가 놓여 있다.

그리고 안방. 침대 옆에는 영종에서의 우리 부부 모습이 걸려 있고 하나의 침대, 하나의 책상이 놓여 있다. 주인이 있는 방이다. 이불을 폈다 갰다 하며 우리 부부가 누워 있던 곳에는 두 개의 침대가 놓여 있다가 어느새 지

까치골 농원의 감나무 8P oil on canvas 2025

금은 하나만 놓여 있다.

그리고 주로 지내는 커다란 거실. 루멘에서 쓰던, 맘에 드는 나무 식탁이 놓여 있다. 앞 베란다의 밖이 내다보이는 곳에 낮 시간에 나의 쉼 자리가 되는 둥근 책상이 있다. 그리고 소파와 TV가 있다. 이렇게 네 개의 방과 큰 거실이 나의 공간이며 또한 빈방이다. 나의 이 빈 공간을 무엇으로 채울까? 아빠 떠나고 2년 여의 나의 숙제였다.

빈방은 외로움이다
빈방은 고독이다
빈방은 비어 있다
빈방은 채워질 수 있다
빈방은 고요함이다
빈방은 충만함이다
빈방은 슬픔이다
빈방은 기쁨이기도 하다
빈방은 여정의 행복이다

빈방은 만남이 되었다
빈방은 대화가 되었다
빈방은 기쁨이 되었다
빈방은 나눔이 되었다
빈방은 사랑이 될 수 있을까?
빈방은 비어 있지만 채워짐이다
빈방은 홀로이지만 함께이다

나의 마음에 빈방을 마련하자. 빈방을 바라보고 들여다보고 들어왔다 떠났다 함의 여정을 살자. 어느 때 정말 모셔야 할 분을 모시고 고요히 머물자. 그분과 함께 가자. 빈방을 남기고!

대모가 된 날 2024.12.25.

예수님 안에서 다시 태어나는 세례식 날, 나 젬마가 엄마인 대모가 되는 날이다. 새로 태어난 딸 대녀 마리아는 성전 제대 앞으로 몇 번 나갔다 들어오는 예식이 힘겨워 보인다. 구역장 우르술라가 옆에서 설명하며 돌보는 모습이 아름답다.

내 뒤에서 대녀의 딸 프란치스카가 계속 눈물을 흘리고 있다. 감기 때문에 마스크를 쓴 나는 우리 성당에서는 처음으로 한 자매의 대모가 되고 대녀는 세례예식을 통해 주님의 자녀로 탄생한다.

식당에서 마스크를 벗으면 감기를 옮길까 봐 나는 집으로 와 간단히 식사하고 약을 먹는다. 아기 예수님의 선물인 '감기와 대녀'는 어떤 의미일까? 이번 대림과 성탄시기의 질문이다.

이제 다시 아기가 되고 싶다. 천진난만하게 웃고 기뻐하는 아기, 우리 지완이 정도의 아기. 폭 안기고 의지할 수 있는 엄마와 아빠가 있어야겠지. 사랑하자, 엄마!

야생 열매들 3S×9 oil on canvas 2019

3
되돌아봄

아빠 2주기 날 2025.1.5.

9시 추모미사를 큰아들 부부와 함께 드린다. 눈이 너무 와 재이네는 오지 말라고 했다. 셋이서 청아공원에 간다.

눈 내리는 공원 사진을 찍어 재이에게 보낸다. "눈 엄청 많이 많이 왔다." 하면서. 나의 대답인 "하얀 세상의 날"에 재이 대답은 "맞아, 맞아." 단순한 메시지가 좋다. 빽다방 빵연구소 들려 빵과 커피를 사서 집으로 와 점심을 먹는다.

아빠 2주기 날, 하얀 세상이다.

깔깔회 모임 2025.1.6.

날씨가 꾸물대고 길은 얼어붙고 오늘 모임에 가야 하나 하다가 길을 나선다. 이번 주부터 정상 생활을 시작하기로 마음먹은 날이니 가자! 조심조심 걷는다. 눈이 녹아 얼어붙은 곳을 피해 일산역에 도착, 전광판을 보니 서울역 가는 것이 먼저 온다. 그래, 그 언젠가 서울역에서 산채향까지 걸어간 적이 있었지. 오늘은 시간도 될 것 같으니 시도해 보자.

서울역 앞으로 나와 왼쪽 방향으로 꺾는다. 의자 옆에 베개와 많은 짐을 놓고 서 있는 노숙자가 보인다. 어디선가 따뜻한 한 끼를 먹을 수 있기를! 저 짐 속에는 얼마나 많은 사연이 들어 있을까? 우리 모두가 자기 삶의 꾸러미를 간직하고 묵묵히 또는 불평하거나 세상을 탓하며 살고 있는 것은 아닐까?

천천히 건널목을 건넌다. 점심때가 가까워서 그런지 젊은이들이 바삐 움직인다. 오른쪽 멀리 이화여고가 보이고 왼쪽에는 서대문경찰청과 수사본부가 보인다. 서대문역에서 광화문으로 우회전한다. 건너편에 적십자병원이 보이고 지나니 강북삼성병원도 보인다. 드디어 익숙한 '정동길'이다. 길을 건너가니 역사박물관이 보이고 다시 좌회전해 산채향으로 들어간다. 홍 샘, 서 샘, 노 샘이 반긴다. 한 샘은 오고 있는 중이다.

오늘의 멤버는 다섯이다. 먼저 돌아가신 분, 불편해서 못 오시는 분 그리고 후배들은 참여하지 않으니 이 모임이 언제까지 이어질지? 한 달에 한 번씩 먹는 더덕구이정식은 항상 맛있다. 70년대 이야기부터 더 오래전 자라 온 이야기에다 지금 사는 이야기가 어우러지며 끝이 없다. 이 나이가 되면 이렇게 지나온 시절로 다 돌아가는 것일까? 내가 '방앗간집 딸'이란 것도 처음 알았단다. 카페로 이동해 끝없는 수다가 3시까지 이어진다.

광화문역으로 가는 길, 노 샘과 이야기를 나눈다. 둘이 삶을 풀어내는 것은 처음인 듯싶다. 아직도 부부 둘이서 사는 모습이 보인다. 선배로서 한마디, "함께할 수 있음에 감사하며 사람은 바뀌지 않으니 그대로 받아들여라." 모두 한 달 동안 잘 지내시기를!

공덕역에서 전철이 방금 떠나 플랫폼 끝에서 끝으로 걸으며 30여 분을 기다린다. 이렇게 느긋하게 다닌 지 2년이 지났다. 기다리는 사람이 없다는 자유로움과 쓸쓸함을 즐기기까지 하면서. 일산역에서 내려 기찻길 옆 숲길을 걸어 파란 신호등을 건너고 다시 익숙한 공원 길을 걸어 집으로 온다.

대답 없는 "다녀왔습니다."에 익숙하다. 나의 공간에 돌아옴을 감사하면서 '독수자'의 시간이 시작된다. 오늘 이렇게 새해 시작의 하루를 만남으로 하니 잘했다 싶다. 아파트 위로 붉은 해가 넘어가며 인사를 한다. "안녕, 내일 또 만나요."

베로니카와의 산책   2025.1.7.

베로니카와 카톡 인사를 한다. 피아노 학원 끝나고 만나 일산시장 순댓국집을 향해 걷는다. 오랜만에 푸짐하게 담긴 오래된 전통의 순댓국을 깨끗이 다 먹는다. 일산역 근처에 새로 생긴 카페 아쿠아가든을 향하여 걷다 보니 '일산문화예술창작소'라는 간판이 보인다. 옛날 농협 창고이다.

들어가니 사진 전시 중이다. 호수공원 등 일산 근처 사진들이다. 직원과 이야기를 나눈다. 만남의 장소, 전시 공간, 창작하는 분들의 공간도 준비하고 있다고 한다. 그리고 가격 등 여러 사항에 대한 고양시의 결정을 기다리는 중이란다. 이런 공간이 생긴다는 것이 반갑고 고맙다. 아쿠아가든에서는 다양한 물고기들의 수중 자유로움을 함께한다. 2, 3층도 돌아본다.

지하차도를 걸어 집으로 와 차와 과일을 먹으며 얘기한다. 3개월에 한 번씩 안동에 가서 예전에 하던 '글쓰기 모임'에 참여하는 것과 일기 쓰기에 대해 이야기한다. 그러다 보면 자연스럽게 글을 쓸 소재가 생기지 않을까? 60에 들어 선 베로니카가 조금씩 노년을 준비하는 과정을 지켜보고 있다. 나는 이미 깊이 들어와 있고.

4시경 가고 한숨 잔다. 너무 길게. 다시 《토지》 13권을 읽기 시작한다.

추운 날 산책   2025.1.9.

매우 추운가 보다. 바람소리가 들린다. 내려다보니 지나가는 사람도 별로 없다. 그래도 점심 후 무장을 하고 산책에 나선다.

햇빛이 비치는 쪽으로 걷다 보니 큰 분수 공원이다. 분수를 돌아 18단지 뒤쪽 공원 화장실에 들렀다가 한빛서점으로 들어간다. 부부가 반긴다. 《헤르만 헤세, 음악 위에 쓰다》 두 권을 주문하고 집으로 향한다.

한 시간의 산책길, 빛의 신비 묵주기도와 함께한다. 소설 《토지》의 다양한 삶의 근심과도 함께한다.

바보 모임 2025.1.18.

'11시 30분 일산역 도착' 메시지가 온다. 공원 길을 걷는다. 저 멀리서 국 샘의 모습이 보인다. 주차장에서 신부님 차를 타고 '다람쥐마을'로 간다. 주말이라 붐비는 가운데 건강한 밥상을 맛있게 먹는다. 신부님이 잘 드시는 모습이 좋다. 2층 카페도 사람이 많다. 간단히 차를 마시고 집으로 온다.

신부님이 2시간 운전하고 점심 드시고 하는 동안 힘이 드는지 소파에 그대로 누워 쉬신다. 국 샘과 나는 밖이 내다보이는 둥근 책상에 앉아 얘기를 계속한다. 신(神)기 있는 삶의 순간순간의 일들, 나의 큰고모와 시아버님 돌아가실 때 얘기가 겹쳐진다. 우리와 함께하는 영들의 세계는 확실치 않은 확실함의 경험들이다!

식탁 위에 앉는다. 과일과 삶의 나눔이 이어진다. 오늘 새로 시작한 일, 《시몬 베드로》가 우리 가운데 계신다. 신부님이 문경에서 홀로 계시면서 피정 자료들을 모으고 정리한 책이다. 오늘은 '들어가며'로 시작한다. 너무 깊이 들어갔나? 책에서 나와 보니 5시가 다 되있다. 치약, 대추차, 그림 등 나눔을 하고 각자의 자리로 돌아간다. 3월 1일로 다음을 약속하고 일산역 앞에서 국 샘과 헤어진다.

집에는 귀한 홀로의 시간이 나를 기다리고 있다.

설 전날 2025.1.28.

설 전날 오후 4시경 재이네가 왔다. 조용하던 집이 살아난다. 웃음소리, 뛰지마 소리, 울음소리도 반갑다. 지난 신정에 갖고 와 냉동시켜 뒀던 오색 송편을 만들고 찌는 사이에 쑥개떡 가루로 더 만든다. 송편이 한 소반이 되었다. 빵과 떡, 과일로 저녁을 먹는다.

그런데 재이와 지완이가 오랜만에 그림 놀이를 한단다. 재이 아빠와 내가 물 떠 주고 물감 짜 주고 다이소 캔버스 준비해 준다. 지완이는 추상화 그림을 그리고 재이의 그림은 '아름답고 컬리풀한 하우스'가 되어 간다.

그런데 사건이 터졌다. 먼저 완성된 지완이 그림에 대한 찬사가 이어지는 가운데 재이는 계속 그리고 있었다. 찌던 떡 꺼내고 부엌으로 이동하고 재이 혼자 마무리하고 있는데 그것이 섭섭한 모양이다. 완성된 다음 엄마의 관심이 덜하다고 느낀 것이다. 드디어 재이가 울음을 터트린다. 자기 그림에는 관심이 없고 지완이 그림만 칭찬해 주었다고. 10살 누나가 5살 동생에 대한 질투인가?

아! 열심히 그리는 동안 엄마 아빠와 할머니가 와서 그림을 보며 칭찬해 주기를 기대했는데 모두들 그러지 않아 서러웠구나! 엄마가 간신히 달랜다. 며느리의 평소의 애씀이 보인다. 언제 그랬냐 싶게 피아노를 치고 둘이 논다. 휴! "재이야, 할머니는 재이 그림 좋아해!"

colorful house 4F 수채화 2025 노재이

지완이 그림 5S×2 수채화 2025 노지완

그리스도의 몸 2025.2.9.

조금 천천히 걷는다. 11시 미사에 참석하기 위해. 《토지》 마지막 권을 들고. 춥지만 햇볕 쪽은 따스하다. 그러나 계속 빛 속을 거닐 수 없는 일이다. 성당으로 들어가 루멘 도서관에 책을 꽂고 대성전으로 올라가니 미사가 시작되고 있었다. 오른쪽 뒤 헌금함과 성체 분배하는 곳에 앉았다. 미사가 진행된다.

"그리스도의 몸." 하시는 성체 분배자의 목소리를 계속 듣는다. 오랫동안 이 봉사를 해 온 아빠의 또 다른 모습과 음성이 들려온다. 눈시울이 뜨거워진다. 미사 후 옆자리의 형제님이 말을 걸어온다. 갤러리 '뜰' 전시에 오셨다면서 두 권의 책에 대해 말씀하신다. "이번 봄에 또 하시나요?", "아니요. 좀 지나서요. 잘 지내시지요?" 조근조근 서로의 삶을 이야기한다. '그리스도의 몸' 이야기까지. 무장해제되어 눈물이 난다. 베로니카가 바라보며 기다리고 있다. 인사를 하고 일어선다. 이미 모두 나가시고 성당엔 몇 명만 남아 있다.

베로니카와 추어탕집으로 이동해 형제님과의 대화에 대해 이야기한다. 안 지는 얼마 안 되지만 참 편하게 깊은 이야기를 할 수 있는 60대의, 나와 같은 '독수자'이며 작가. 우리 집으로 와 깊은 대화가 계속된다. 2시 30분에 아이들 수업이 있다며 바이바이한다.

드디어 조용히 머문다. 오늘 만남을 뒤돌아본다. 추위, 햇빛, 성당 가득한 사람들, 기도와 성가 소리, 성체와 평화의 인사, 깊은 대화, 함께의 식사. 그 안에 '그리스도의 몸'이 격려를 보내신다. 함께함의 여정을 추억하소서!

조카 지원이 2025.2.10.

덕자와 조카 지원이가 왔다. 수원에서 버스 타고 백석터미널에서 내려 88A 버스를 타 12시 39분경 도착한다. 지하철 타는 것보다 덜 걸린다고 한다. 방가방가의 날이다. 돼지고기 고추장 양념해 놓은 것과 떡볶이를 주 메뉴로 점심을 맛있게 먹는다.

지원이를 보고 싶었던 것은 어려서부터 클라리넷을 해 경희대를 졸업하고 파리 유학 3년 그리고 한국에서 활동하는 동안 제대로 그 음악의 삶에 대해 대화한 적이 없었기 때문이다. 이제 40대 후반의 미혼, 지금의 상황과 앞으로의 삶에 대해 셋이서 자연스레 이야기하고 싶었다.

개인 레슨을 한다. 몇 명이 모여 그룹을 형성하고 연습하고 어디엔가 가서 연주도 한단다. 그리고 일요일에는 교회에서 활동하기도 하고 오케스트라에도 드물게 참석한다고 한다. 담담히 이야기하지만 덕자가 조금씩 걱정하는 이유를 알 것 같다. 예술가들의 확실치 않은 경제적 여건이지만 준비된 이에게 기회가 주어질 것이다. 정기적으로 좋아하는 곡을 모아 연습하고 또 하다 보면 기쁨과 함께 연주 기회가 주어지는 것을 바라본다.

산책 겸 홈플러스 들려 무거워 사지 못했던 양파 등을 산다. 빵과 커피, 생강차로 이른 저녁을 하고 덕자와 지원이는 버스를 타러 간다. 배웅 후 신일중학교를 지나 천천히 걸으며 오늘의 만남에 대해 생각한다.

얼굴들 2025.2.20.

어제까지 자매들 얼굴 스케치를 끝내고 오늘 오전에는 다섯째 제부와 놀고 오후에는 여섯째 제부를 바라본다. 모든 나의 인연들이 각자 다른 모습으로 다가오고 느껴지는 것을 얼굴 초상화 그리며 새삼스럽게 깨닫게 된다.

오, 나의 사람들!

페이펄문구에 들려 20개의 3F캔버스를 사 들고 오느라고 혼난다. 그래도 기쁘다.

두 제자와의 만남 2025.2.24.

오전에 지우의 아들, 미국에서 보내온 조카 손주를 그린다. 독일에서 둘째를 떠나보내고 마음 아파 그곳을 떠나 미국에서 일하고 있는 조카 식구에게 하느님이 주신 선물이다. 나도 그 마음에 함께하며 아가의 모습을 그린다.

11시 반경 제자 대균이와 미영이를 만나 통일로를 달린다. 다람쥐마을에서 누룽지백숙으로 속을 든든히 하고 임진각으로 가 처음으로 곤돌라를 탄다. 공중에 매달려 얼어 있는 임진강을 내려다본다. 얼마나 많은 사연과 이야기들을 품고 있을까? 문산이 고향인 대균이의 부모님 이야기, 북한에서 내려오신 분들 이야기가 오간다. 추워서 밖을 오래 산책하지는 못하고 따끈한 커피로 창밖을 내다본다.

다시 자동차를 타고 간 곳은 대균이가 어릴 적 살던 집이다. 이제 50이 되어가는 제자가 되살릴 생각을 하는 모양이다. 한 고비를 넘은 또 다른 삶의 방향이다. 제천 회사에서 새롭게 OLED에 관한 연구를 하고 공부 더 하고 옛집 복원시키고. 앞으로의 그의 삶에 응원을 보낸다.

집으로 와 미영이에게 일기노트 5권을 주며 타이핑을 부탁한다. 나도 마무리한다. 어제 오늘 강행군하니 좀 피곤하다. 쉰다.

얼굴 그리기 2025.2.25.

조카 지우네 아가 김선률 에이든과 놀며 아기가 된다. 아기의 코를 올렸다 내렸다, 웃다 찡그리다, 휴!

다시 한숨 자고 나서 주영 씨가 지난 전시에 왔을 때 찍은 박 신부님을 스케치해 본다. 흰 머리카락과 배경을 바꿔 본다. 느낌과 교감의 오랜 시간 후에야 모습을 드러내신다. 애쓰네! 아예 목도리를 두른 모습까지 하니 또 느낌이 다르다. 같은 분을, 같은 사람이 그리는데도! 이제 명암과 색채, 강조할 부분과 날릴 부분 등에 샘의 조언이 필요한데…

식구들과 나, 신부님까지 방바닥에 흰 포를 깔고 늘어놓은 작은 캔버스 안에서 웃고 있다. 행복하다.

국 샘 그리기 2025.3.2.

11시 미사에 다녀온다. 지난 가을날 서울대 생태숲을 거닐기 전에 쌈밥집에서 점심을 했었다. 그때 국 샘이 오른손에 깁스를 했다. 내가 옆에서 쌈을 싸서 주려는 모습을 신부님이 웃으며 내려다보고 찍은 사진이 있다. 그중 국 샘을 확대해 그려 본다.

언니 3F oil on canvas 2025

자화상 3F oil on canvas 2025

넷째 동생 3F oil on canvas 2025

여덟째 동생 3F oil on canvas 2025

다섯째 동생 3F oil on canvas 2025

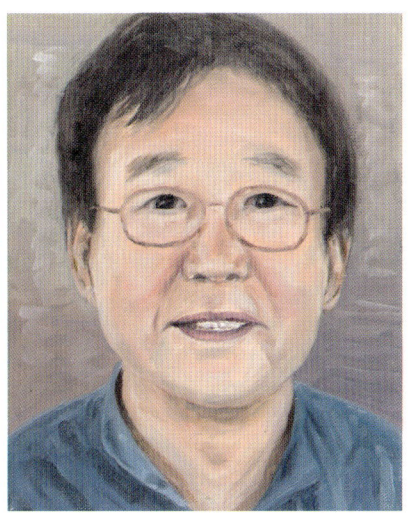

다섯째 제부 3F oil on canvas 2025

여섯째 동생 3F oil on canvas 2025

여섯째 제부 3F oil on canvas 2025

박 신부님 3F oil on canvas 2025

국 선생님 3F oil on canvas 2025

할머니의 생애 첫 큰소리 2025.3.9.

재이네가 도착해 걸어간 곳은 구일산 익숙한 거리다. 그 곳에서 한 번도 가지 않은 음식점 '낙지한마리'에 들어간다. 기다려 먹는 음식이 푸짐하고 맵다. 특히 수제비가! 아이들에게는 어린이용 볶음밥이 맛있다. 다시 걸어 농협 자리 창작 예술관을 지나 일산역에서 빵을 사고 공원 길을 걷는다. 두 아이의 뛰는 모습이 아름답다. 넘어질까 걱정도 되고.

집에 오니 2시 반경, 아이들의 놀이가 시작된다. 피아노, 술래잡기, 보물찾기 등. 그런데 오늘은 특별히 내 생애 첫 번째 일이 생겼다. 요리 놀이가 끝나고 요리값을 지불하고 그 다음 놀이가 어긋났다.

재이는 시장 놀이를 하자고 하고 지완이는 뽀로로 보자고 리모컨을 들고 소파에 앉아 있다. 재이는 시장 놀이를 해야만 한다고 하고 지완이는 뽀로로를 중얼거리며 움직이지 않는다. 30여 분 이상을 바라보는 나, 먼저 시장 놀이하고 뽀로로 보자고 해도 둘 다 고집이 보통 아니다. 드디어 재이가 울기 시작한다. 자기는 날마다 양보만 해야 된다고. 나는 식탁 의자에서 지쳐 앉아 있다. 새벽 4시 반부터 긴 하루가 시작되었고 낮잠이라도 자고 싶은 시간인데 이제 지완이까지 운다.

드디어 내가 소리를 지른다. "너희들 계속 이렇게 할거야?" 나도 모르게 처음 있는 일이다. 두 아이도 놀래고 아빠도 놀래고. 며느리는 쉰다고 방에서 자고 있어 다행이었다. 아이들이 울음을 그친다. 나는 빨래를 걷고 아이들이 놀던 물건을 치운다. 빨래를 개고 나서도 아이들은 요지부동이다. 엄마가 "왜 그래?" 하면서 방에서 나온다. 나는 간단히 재이는 시장 놀이를 하자고 하고 지완이는 뽀로로 보자고 해서 거의 1시간인가 저러고 있어 결국 내가 소리를 질렀지 하며 피아노방으로 가 '환희의 송가'를 친다. 엄마가 조곤조곤 아이들에게 이야기하는 소리를 들으며.

며느리가 아이들을 데리고 피아노방으로 들어온다. "할머니께 사과드려. 잘못했습니다." 하며. 아이 둘을 품에 안으며 셋이서 운다. "할머니가 미안해." 곧이어 엄마는 재이를 안아 주고 아빠는 지완이를 안고 베란다에서 밖의 환하고 따듯한 하늘을 바라보며 서 있다.

다시 일상 놀이로 돌아온다. 베란다 화분에서 자라고 있는 상추 그리고 살짝 자라 있는 감자 싹을 바라본다. "이 감자 잎이 햇볕과 물의 힘으로 영양을 주면 감자알이 생기지. 기다렸다가 함께 캐자." 지완이는 "지금 캐자." 할머니는 "아직 아니야. 더 키질 기야. 지원이 자라듯이. 그러면 그때 캐자." 이렇게 하루의 놀이와 특별한 하루가 마무리된다.

갈 준비를 하고 나가다 평소와 같이 이쪽저쪽 두 아가의 손을 잡고 뽀뽀하고 안녕하고 며느리를 껴안는다. 얼마나 힘들까? 얼마나 예쁠까? 이렇게 오늘 같은 일을 매일 겪으며 해결하고 사랑하며 살고 있다. 울컥거리며 말한다. "고맙다." 일기를 쓰는 지금도 눈물이 난다. 떠나는 차에 성호를 그으며 감사를 전한다.

공원 길을 산책하며 예수님의 부활을 묵상한다. 매일매일 태어남과 빛과 어둠을 산다. 부활을 산다. 오늘은 특히 더!

청아공원에서의 십자가의 길 기도 2025.4.19.

3시 일산역에서 60번 마을버스를 타고 청아공원으로 간다. 비가 내린다. 하루 종일 내린다. 바람이 불다 잦아들다 한다. 떨어진 벚꽃 잎이 물을 머금어 바닥에 무늬를 이루고 있다. 비 내리는 풍경을 바라보는 마음은 한가하고 시간은 서서히 흘러간다. 한적한 마을버스. 두 할머니와 나, 기사님뿐이다. 내가 탈 때 버스 색깔이 바뀌어 "청아공원 가요?"하고 물어본 덕에 내릴 때 한 승객의 길 안내를 받는다. "청아공원이에요. 내리세요.", "감사합니다."

우산을 쓰고 천천히 찻길로 올라간다. 수위 아저씨가 목례를 하고 안내 아가씨가 반긴다. "방문 기록을 적어야 할까요?", "편한 대로 하세요." 비가 와서 그런지 평소 주말보다 한가하다. 예수님께 인사를 드린다. "안녕, 아빠!" 잠시 울컥한다. 그 미소가 반갑다. 재이와 지완이를 바라보고 있는 모습이 익숙하고 그립다.

의자를 돌려놓고 앉는다. 그냥 앉아 있다. 시간이 흐른다. 마음이 흐른다. "그렇구나, 여기가 나의 미래의 집이구나. 영혼은 하느님께로, 나의 몸은 여기가 머물 곳이구나. 남편과 함께."

편하다. 짧은 연도를 바치고 주머니에 넣어 온 십자가의 길 필사본을 꺼낸다. 십자가 앞에 선다. "저희를 위하여 온갖 수난을 겪으신 주님의 사랑을 묵상하며 십자가의 길을 걷고자 하나이다." 1처 기도는 봉안당 첫 번째에 계신 분들을 위해 바친다. 나의, 우리의 자리는 4처가 된다. "스스로의 길을 선택하는 자녀의 길을 묵묵히 뒤따라 걷게 해 주소서."

나이, 성별, 돌아가신 시간, 사연이 제각각인 분들 앞에서 그분들과 함께 예수님을 따라 십자가의 길을 걷는다. 5처에서 예수님을 도와 십자가를 지는 시몬을 통해 이웃의 십자가와 공동체의 십자가를 외면하지 않고 함께 짊어시는 마음을 느낀다. 수건으로 피땀 흘리시는 예수님의 일굴을 닦아드리는 베로니카의 용기와 반복되는 넘어짐의 힘듦에서도 우리를 위로하시는 예수님의 사랑을 본다.

"덜어낸 공간을 평화로 채워 주시는 '비움'의 지혜를 주소서. 못질이 계속되는 십자가의 고통 속에서 돌아가신 그 '무의미의 십자가'를 품에 안고 살게 하소서. 어머니께서 예수님을 품어 안듯이! 십자가에서 부활을 꿰뚫어 볼 수 없을지라도 희망하게 하소서. 아빠를 무덤, 여기에 두고 갈지라도 마음으로 함께하고 예수님과 성모님과 함께 떠납니다. 이곳이 미래의 제 집임을 기억하게 해 주소서. 끝이 곧 시작이라는 것을 믿게 해 주소서. 성부와 성자와 성령의 이름으로 아멘."

인사를 드린다. 우산을 쓰고 빗길을 걷는다. 십자가의 무한의 길을 걷는다. 떨어져 발에 밟히는 꽃잎만큼 걷는다. 아저씨께 목례를 하고 나오니 작은 마을버스가 반긴다. 기사와 나, 두 사람 뿐이다. 대화가 이어진다. 집으로 가는 길도 외롭지 않다.

"다녀왔습니다."라는 인사가 집 안에 가득 찬다. "어서 와." 하며 합창을 한다. 자비의 예수님과 영원한 도움의 성모님이 웃으시며 함께하신다. 모두 사랑이다.

프란치스코 교황님의 선종 2025.4.21.

'가난한 이들의 성자'로 불렸던 프란치스코 교황님이 88세의 나이로 하느님께로 돌아가셨다. 위중함에도 성 베드로 광장에서 부활절 대축일 메시지를 기쁘게 전하는 소임을 다 하시고 다음 날 선종하셨다.

평화방송의 '프란치스코, 예수회' 영화를 보며 교황님, 교회 공동체, 나, 신자들을 생각한다. 각자 자기에게 주신 특별한 삶을 신실하고 기쁘게, 넘어졌다 일어났다 하며 최선을 다하게 하소서.

프란치스코 교황님
3F oil on canvas 2025

8시경 아침으로 온갖 야채와 토마토, 참외, 사과까지 썰어 얹고 요거트를 그 위에 뿌리고 너트까지 잔뜩 넣으니 큰 접시가 가득하다. 우유 넣은 커피 한 잔을 곁들여 홀로 아침을 먹는다. 조금 덜 먹어야 하는데 하면서.

정환이가 9시에 아침 식사하러 온다. 쌀 1홉에 콩과 은행을 넣어 맛있게 지은 밥과 어제 들고 온 설렁탕으로 차려 준 밥상을 맛있게 먹는 아들. 바라보는 마음이 행복하다. 오랜만에 여유 있게 '교황 프란치스코'를 만난다. '두봉 주교님'을 시작으로 큰 어른들을 그리며 대화하는 시간이다.

재이 얼굴을 그릴 때는 뒤에 하트를 가득 그린다. 나의 마음이 전달된다. 큰 사랑을 듬뿍 받고 사랑을 나눌 수 있는 재이에게 사랑을 보낸다.

화판 유리를 정리하고 붓을 빨아 놓고 재이를 바라본다. 어느새 아기에서 어엿한 소녀가 되었을까? 그 많은 행복을 주고 그 많은 그림을 그리게 했던 재이. 이제 3학년의 의젓한, 그러나 가끔 싸우기도 하는 5살 지완이의 누나가 되어 있다. 지완이는 눈을 위로 뜨고 "할머니 나는?" 하며 바라본다. 이제 제법 누나 의견을 거스르고 고집부리는 나이가 되었다. 고맙다. 이 할머니와 할아버지의 손녀 손자로 태어나 우리에게 와 주어서!

미국 손자 돌잔치에 간 덕자에게서 들려오는 명랑한 소리가 반갑다. 손자를 안고 어르며 행복해 하는 모습이 느껴질 정도. 가까이 자주 볼 수 없다는 아픔도 함께 보인다. '김선률 에이든', 무럭무럭 자라라. 너는 복덩이, 아픔을 치유하는 사랑스런 보물이다.

모든 불을 끄고 거실 책상 앞 의자에 앉아 오늘 하루를 돌아본다. 감사의 하루, 편히 쉬게 하소서.

재이 3F oil on canvas 2025

지완이 3F oil on canvas 2025

국 선생님 손주 3F oil on canvas 2025

넷째 동생 손주 3F oil on canvas 2025

두봉 주교님 2025.5.4.

새벽미사를 참례하고 집으로 돌아와 '두봉 주교님'을 만난다. 활짝 웃으시는 모습이다. "하하." 밝은 웃음소리를 들으며 흔들리는 붓질을 하는 이 시간이 좋다. 지난 4월 10일 선종하신 두봉 주교님 영정에 흰 국화 잎을 그려 넣으며 "안녕." 한다. 화판을 정리한다.

두봉 주교님이 웃으신다. 나도 웃는다.

화실 회원들 2025.5.14.

새로운, 아니 구 회원이 모인 새로운 모임이다. 구일산 보건소 근처 '다리원'에서 샘까지 모두 6명이 식사를 한다. 정 박사, 예 여사님이 못 오셨지만 새로운 회원은 샘 포함 8명이다. 스승의 날 겸 샘 생일 축하다. 동시에 새로운 화실을 위한 파티다.

24년 7월 10일 우리 집에서 혼자의 레슨으로 시작해 5명으로 늘어나 레슨 겸 작업을 위한 작은 공간을 마련한 것이 지난 5월 초인가? 문촌 6단지 작업실로 이동해 샘이 커피를 내린다. 오랜만에 아주 묽은 아메리카노를 마신다. 서 교수와 친구는 레슨을 준비한다. 신옥 씨는 차로 집에 가고 주영 씨와 나는 천천히 걷다 보니 우리 집 도착이다. 깊은 대화, 아픔, 눈물이 오간다. 다시 산책, 분수 공원에서 헤어진다.

나는 다시 프란치스코 교황님의 저서 《희망》에 빠져든다. 베로니카 말대로 '위대한 영혼과 같은 지구'에서 숨 쉬고 있음에 감사하며 11시까지 함께하고 잠자리에 든다.

두봉 주교님
3F oil on canvas 2025

새 화실 가기 2025.5.21.

처음으로 99번 버스를 타고 문촌초등학교 앞에서 내려 공원 길을 걸어 샘의 새 화실로 올라갔다. 서 교수님, 정 박사님, 샘이 반긴다. 1시 반 정도 되었다. 나 먼저 레슨이 시작된다.

　나는 지난 가을 사진 찍어 놓은 대추와 강 샘이 전시했던 가리개가 잘 어우러진 그림을 그리기 시작한다. 가리개의 뒷배경은 '뜰' 전시 때의 대나무 그림자다. 먼저 대추와 그릇을 중심으로 하고 스케치한 곳에 대나무 그림자를 넣으면 멋진 작품이 될 것 같다.

베드로의 눈물 2025.6.23.

베로니카가 음악 피정 중에 '기리에 엘리이손'과 함께 화면에 뜬 '베드로의 눈물'을 보고 많이 울었다고 한다.

　검색을 해 본다. 찾아서 저장한다. 그리고 예수님께서 부활했다는 소식을 듣고 무덤으로 달려가는 그림, 열쇠를 들고 하늘을 바라보는 모습도 저장한다.

　베드로의 얼굴 모습만 스케치한다. 베드로 사도의 세 단계의 삶이 그림으로 된다.

베드로
3F oil on canvas 2025

대추와 가리개 8P oil on canvas 2025

되돌아봄 2025.7.5.

《동행, 그리움 되다》, 나의 책을 아무 페이지나 펼쳐 읽는다. 오늘은 176쪽이다. "그리하여 훗날 남아 있을 우리 중 하나가 함께 지낸 이 시간을 감사하게 생각하며 후회 없이 추억할 수 있지 않을까?"

지금 남아 있는 내가 그 상태가 되었구나! 감사한 하루하루, 소중한 날들이다.

젬마 성녀를 바라보며 2025.7.11.

'성녀 젬마'(1878~1903, 축일 4월 11일)의 전기와 자서전 3권 꺼내 놓고 책 속에 실린 성녀의 모습을 바라본다. 중학교 2학년 세례 때 성녀의 축일이 내 생일 날짜와 비슷해서 나의 본명을 '젬마'로 선택했다고, 내가 닮고 싶은 성인은 아니라고 하며 무관심했던, 그래서 멀리 계시는 분으로 느껴졌던 성녀이시다.

그런데 사랑의 눈길로 예수님을 바라보시는 듯한 그 표정이 친근하게 다가온다. 마치 나를 바라보는 것같이 느껴지기도 해 마음이 흔들린다. "나도 모르는 어떤 이끄심으로 '소녀 젬마 갈가니가 성녀 젬마가 되어간 길'을 나도 따라 걸으며 살아왔나? 아닌데!"

그래, 다시 그분의 삶과 신앙의 여정, 그 뜻과 사랑을 함께하며 그림으로 표현해 보자! 나의 성녀 젬마시여!

젬마 성녀 3F oil on canvas 2025

'젬마가 되어간 길' 2025.7.12.

젬마 성녀와 함께하는 날이다. 책 《성녀 젬마 갈가니》(티토 파올로 제카 지음, 윤종국 옮김)의 표지에 있는 성녀를 찍어 갤러리에 저장한다.

성녀의 삶을 읽으며 본명이 젬마인 나를 바라본다. 내 삶을 글과 그림으로 풀어낸 책의 제목을 '젬마가 되어간 길'로 정할 수 있을까, 생각해 본다. 극심한 가난과 쇠약한 몸으로 오롯이 주님을 사랑하고 기도하는 짧은 생애를 사신 젬마. 그 삶을 본받으려는 의미인 '젬마가 되어간 길'은 내 삶을 기록한 책 제목으로는 어울리지 않는 것 같다.

그래도 멀리 계신 '신비가'의 삶이 내게 조금씩 다가오는 듯도 하다. 어부 시몬은 주님을 따라가며 제자 베드로가 되어가는 길을 걸으셨다. 그러나 성녀 젬마와 권영순 젬마가 주님을 따라가고 사랑하는 그 길은 다르다.

나는 별명이 '쇠피수'인 고집쟁이 시골 소녀. 그래서 '쇠피수가 되어간 길'이 시골 소녀에게 어울리는 듯하다. 나에게 소녀란 말도 어울리지 않는다. 아, 샘내 방앗간집 둘째 딸, 권씨네 딸부잣집의 둘째 딸이 '글과 그림으로 삶을 풀어내는 권영순 젬마가 되어간 길'이라면 모를까. 그래, 나이 80의 여정에서 시작하는 이번 책 제목은 '홀로, 그리고 함께'가 더 어울릴 것 같다. 오늘도 높은 데서 홀로 잘 지내보자.

지하철을 함께 타신 하느님 2025.7.21.

네 개의 방에 정리되지 않은 채 쌓여 있는 책들을 돌아본다. 동생 담자가 세례명 베로니카로 영세를 받기 위해 교리를 받고 있다. "지금 담자가 교리

방학 중인데 그동안 읽을 수 있고 주님께 좀 더 가까이할 수 있는 책을 골라 읽게 하려는 데 어느 책이 좋을까요?" 나의 물음에《지하철을 타신 하느님》을 보이시며 "이 책은 어떠니?" 하신다. "네."

15편의 이야기가 담긴《지하철을 타신 하느님》을 몇 군데 읽는다. "베로니카에게 어울리는 책인 것 같아요."

"주님, 오늘 함께 가실까요?", "그래, 젬마와 함께 지하철 여행을 가 볼까?", "10시 13분 서해선이에요."

아파트 엘리베이터가 중간에 멈춘다. 오래된 인연의 자매가 활짝 웃는 얼굴로 들어온다. "송도 점심 모임에 가는데 오늘은 지하철로 가려구요." 한다. "주님, 동행이 생겼네요.", "그래, 여행은 많은 사람을 만나고 그 안에 함께하는 나를 발견하는 시간이란다."

둘이 함께 공원 길을 걷는다. 30여 년의 세월이 지나니 지하철 무임승차하는 나이가 되었다며 웃는다. 주님이 들으시고는 "그러네." 하며 웃으신다. 일산역 대기실에 들어선다. 시원하다. 80대의 할머니 수녀님이 앉아 계신다. 함께 온 자매는 전화로 바쁘다. 수녀님께 인사를 드린다. "어느 수녀회에 계시나요?" 주님이 먼저 대답하신다. "젬마야, 신부님과 수녀님을 보면 그냥 못 지나가는구나. 하기야 60년을 그 속에서 살았으니. 나도 함께 있으마."

나는 수녀님 옆에 앉는다. '예수 수녀회'라고 하신다. 노인 수녀님 네 분이 후곡성당 뒤 5단지아파트에서 사신단다. "그러면 동정 성모회?", "네, 맞아요." '예수 수녀회'와 '동정 성모회'는 같은 수도회란다. 이야기하다 보니 언젠가 박순례 데레사 대모님이 초대받았다며 하루 함께 지낼 거라고 한 그 공동체가 생각났다. 대화는 수녀님이 서해선 부천종합운동장역에서 내릴 때까지 계속된다. 나는 대모님과 함께 방문하겠다는 약속도 한다.

웃으시는 예수님 3F oil on canvas 2024

그러다 보니 같은 아파트 자매도 내린다고 인사를 한다. 주님이 웃으신다. "처음 만난 사람과 새 인연 만드느라 오래된 인연과의 대화 기회를 놓쳐버렸구나.", "그러게요. 나중에 또 만나겠지요.", "함께 앉아 도란도란 삶을 나눌 기회는 많지 않단다.", "네, 30여 년을 같은 아파트에 살면서도 '안녕?', '잘 지내세요?' 인사하며 웃고 지나쳤네요. 다시 만날 기회를 만들어주실 거지요?" 주님이 살짝 웃으신다.

　수녀님이 내리시고 난 빈자리에 약봉지를 든 할머니가 앉으신다. "나이 드니 병원에 다니는 것이 일이에요. 드는 돈도 만만치 않구요." 하며 이야기가 시작된다. "그렇지요? 어디가 아프세요?", "요사이 자두가 맛있어서 많이 먹었더니 당뇨 수치가 180까지 넘어가네요. 그리고 여기저기 아파서…", "그래도 이렇게 다닐 수 있어서 감사하지요." 곁에서 듣고 계시던 주님이 속삭이신다. "젬마야, 또 '감사병'이 도졌구나. 하기야 네가 감사할 일이 많긴 하지. 오늘만 해도 그렇지. 고향에서 형제자매들과 제부들이 함께 모여 먹고 농장에서 거닐고 자두, 참외, 야채 거두고. 젬마가 가장 좋아하는 일 아니냐? 들판과 산에서 뛰어놀던 네가 노년에 한 달에 두어 번씩 이 그리움을 살기는 쉽지 않지. 그것도 다섯 자매와 함께 말이다." 흐뭇한 미소를 띠신다. "그래서 제가 감사에 감사를 드리는 것이지요."

　어느새 옆 자매가 인사를 하고 내리고 시흥시청의 들판이 보인다. 모두들 핸드폰을 보느라 옆에 누가 앉아 있는지, 밖에 어떤 풍경이 펼쳐지는지 관심이 없다. 다시 어두운 지하 터널로 이동한다. 나는 잠시 눈을 감는다. 쉬는 나를 보시고는 주님이 "나도 쉬어야겠다." 하신다.

　'초지'다. 수인분당선으로 갈아타는 길, 환승역이 꽤 길다. 주님도 열심히 걸으신다. 핸드폰을 보며 걷는 사람들을 피하시고 에스컬레이터가 없는 계단에서는 난간을 잡고 옆으로 한 계단 한 계단 내려가는 나를 부축하신다.

"감사합니다." 초지역부터 오목천역까지는 여덟 정거장이다. 차창 밖으로 펼쳐지는 산과 들판, 비닐하우스, 건물들이 정겹다. '한대앞, 야목, 어천, 오목천' 정겨운 이름이다.

지금은 친구들 이름도 잊어버린 국민학교 시절, 전쟁 후 폐허가 된 운동장에 외롭게 서 있기도 했고 나무 밑에서 공부하기도 했던 '매송국민학교'가 보인다. 주위에 건물이 많은데도 칠보산 아래의 그 학교 건물이 분명하게 보인다. 나는 단발머리 소녀에게 손을 흔든다. 주님도 보시고는 안아 주시려고 두 팔을 활짝 벌리신다.

샘내의 교회 첨탑이 보이고 들판을 지나 오목천역에서 내린다. "나도 내릴까?", "네, 제 손을 잡으세요." 주님과 함께 넷째 동생을 기다린다. 옛날 수원여고 다닐 때의 시내버스가 어른거린다.

'오목천성당'이 보인다. "어느 때 일찍 와서 성당에 가 보아요. 한 시간 쯤 머무르면 좋을 것 같아요.", "그래, 너는 나와 함께 길게 머무는 것을 못 하지. 무엇이 그렇게 바쁜지. 눈을 맞춰 잠깐 바라보기만 하고 '갈게요.' 하며 나가 버리지. 그래서 내가 오늘 따라온 게 아니겠니?", "그래요. 오늘도 주님과 길게 머무는 것은 아직 시작 못 했어요. 아, 넷째가 오네요."

자매들과 함께 들어간 음식점, 오늘 메뉴는 낙지볶음이다. "주님, 맛있게 드세요.", "그래, 나도 오랜만에 매운 낙지볶음을 먹어 보자. 이제 모두 나이 들었는데 너무 맵고 질긴 것은 힘들지 않니?", "그래도 골고루 먹을 수 있도록, 또 모두의 입맛을 맞추느라 넷째 총무가 애쓰고 있어요. 예쁘게 봐주세요. 그러고 보니 맵네요. 또 질기기도 하고요. 그런데 이때 안 먹으면 언제 먹겠어요.", "그렇구나. 나도 맛있게 먹고 있다. 미역국이 매운맛을 잡아 주는구나."

밖의 기온이 30도가 넘는다고 제부가 걱정한다. 농장에 가면 한낮에는 너무 덥다고. 하나로마트에 가서 시원한 것 먹기로 한 것이 아예 식자재마트까지 둘러보게 된다. 두 제부는 던킨도너츠에 앉아서 쉬고 다섯 자매는 장을 본다.

"호기심 많은 분께서 그냥 못 계시지요?", "그래. 네가 좀 싸다고, 거의 반값이라고 볶음용 멸치, 오징어채, 거기에다 참기름까지 사서 배낭에 넣는 걸 보니 좀 놀라기도 했다. 그 짐을 내가 짊어지고 가게 할 것이니?" 이번에는 내가 고개를 저으며 웃는다.

넷째네 농장으로 이동해 자두, 천도복숭아, 참외를 딴다. 특히 옥수수를 따니 엄마와 함께 따서 가마솥에 쪄 먹던 생각이 난다. 풀을 벤다고 세초기를 앞에 놓고 앉아 있는 제부는 방앗간에서 일하시던 아버지를 생각나게 한다. 언니와 옥자는 나누고 담고, 나는 깻잎만 챙긴다. 오랜 장마 끝이라 파아란 하늘에는 뭉게구름이 피어 떠 있다. 아름답다 못해 손짓까지 하며 나를 그 위로 끌어 올린다. 주님도 함께 하늘을 바라보신다.

"내가 있는 곳이 이렇게 아름다웠구나! 젬마야, 보이는 것이 전부가 아니란다.", "네. 조금씩 알 것 같기도 하고, 그리워도 하고 있어요. 언제 '오너라' 하실지 모르는 곳에 익숙해지려고요." 주님과 함께 바라보는 파아란 하늘과 뭉게구름이 정겹다. "옥수수 드시러 가실래요?", "그래, 바로 따서 쪄 먹는 맛이 어떤지 먹어 보자. 거돌이, 거순이한테 인사도 하고 머리도 쓰다듬고. 꼬꼬댁 소리도 들어야지."

비름나물하느라 바쁜 다섯째에게 책을 전한다. '얼음조끼'가 좋다고 연신 자랑하고 듣고 있는 제부들, 질경이나물 다듬는 언니와 옥자, 복분자 따오는 나, 옥수수 찌느라 바쁜 덕자. 모두가 할 일이 있다. "젬마야, 나는 뭐 할까? 그냥 바라보는 것이 좋구나. 옥수수 하나 먹는 것만으로도 오늘 너와 함께한 지하철 여행에 만족한단다.", "아니, 두 개 잡수세요. 저도 두 개 먹어요. 이것이 저녁이에요. 그리고 주님, 이제 엄마 성모님한테 가세요. 출출하셔서 빵과 포도주 한 잔 하고 싶으시지요?", "어떻게 알았니? 나에게 빵과 포도주는 내 '살과 피'이고 너희를 살게 해 주는 내 생명이지. 나는 항상 너희에게 내어 줄 준비가 되어 있다.", "네."

무겁지 않은 비름나물 챙기고 꽃까지 핀 상추잎과 미나리도 조금 뜯어 배낭에 넣는다. 그 속에는 막내의 깨강정도 들어 있다. 제법 무겁다. 주님이 보시고는 "내 짐은 항상 가볍다."고 하신다. "네, 잘 지고 가겠습니다."

다섯째 부부의 배웅을 받고 여섯째 제부가 운전, 고색역에 내려 준다. "주님, 손잡고 저와 함께 내리세요.", "그래, 일산에서 함께 왔으니 일산까지 함께 가야지. 좋지, 젬마야?", "네, 감사합니다."

주님 탄생을 묵상하는 환희의 신비 묵주기도를 하며 주님과 함께 아기로 돌아간다. 아기 예수님과 아기 젬마를 품에 안으시며 성모님이 웃으신다. "주님, 홀로 그리고 함께하는 나의 공간이 좋아요.", "젬마야, 나도 좋다." 집으로 돌아온다. '다녀왔습니다.' 오늘 하루 주님과 함께한 지하철 고향 여행 행복했습니다. 감사합니다.

해바라기 2025.9.12.

3S 캔버스에 스케치해 놓은 '마주 보고 있는 해바라기'를 바라본다. 다른 두 송이 해바라기가 "나도 그려 줘." 한다. 탐스런 노란 꽃잎들이 바람에 휘날리는 두 해바라기는 마주 보고 있는 것이 아니라 한 방향을 향해 있다.

두려워 도망가는 걸까? 아니면 무언가를 향해 온 마음을 다해 뛰어가는 걸까? 예수님의 부활 소식을 전해 들은 젊은 요한이 달려가고 그 뒤를 베드로가 온 힘을 다해 달음질하는 스위스 출신의 화가 외젠 뷔르낭(Eugène Burnand)의 '무덤으로 달려가는 사도 베드로와 요한'의 모습과 겹쳐진다.

예수님의 부활을 의심했지만 확신하고, 확인하고 싶어 달려가는 이 화가의 작품에서 베드로의 얼굴과 표정을 캔버스에 그렸었다. 왜 해바라기의 모습에서 그 상황이 생각난 걸까? 일어나자마자 3S 캔버스에 '달려가는 해바라기'를 스케치한다.

요한과 베드로가 부활하신 예수님 소식을 듣고 놀라 서로를 바라보는 모습 같은 '마주 보는 해바라기', 빈 무덤을 향해 달려가는 모습인 '달려가는 해바라기' 나에게 의미를 준 두 그림이 나를 바라보고 있다. 그림방에서 나왔다가 다시 들어가 바라본다. 머문다. 나의 마음이 전해지고 해바라기의 마음이 다가온다.

해바라기 1 3S oil on canvas 2025

해바라기 2 3S oil on canvas 2025

엄마의 향기, 분꽃   2025.9.25.

어느 날
베란다 화분에 선물처럼
네가 싹 트기 시작해
나는 물을 주고
너는 무럭무럭 자랐다
고향 이야기를 하며

속으로, 속으로
준비를 하는지
꽃 소식은 없고
줄기와 잎만 무성했다.
살짝 섭섭하기도 했다

어느 날 자세히 보니
가운데에 자그마하게 조금씩 자라는
아기 봉오리
웃는 것 같았다
물 주며 매일 바라본다
"아가야, 너 언제 꽃으로 피이날기니?"
천천히 자라는 모습에
사진도 찍어 놓는다
기다린다

9월 25일 저녁 5시
드디어 분홍빛의 봉우리가 조금씩 벌어진다
30분이 지나니 활짝 펴진다
사진 찍어 베로니카에게 보낸다

"와우" 베로니카의 탄성
"분꽃 폈다, 저녁 해라" 하시며
저녁밥을 지으시던 고향의 어머니
베로니가는 "호호, 추억의 종소리네요. 그리운 어머니!"
나는 "흑, 흑!" 하며 그리움의 눈물

엄마를 그리워하며 잠자리에 든다
10시 30분에 분꽃들에게 "안녕…" 하며
자다 소변보러 일어나 12시 30분에 인사한다
"언제 쉴 거니?"
분꽃들이 활짝 웃는다

아침, 일어나니 5시 40분
움츠리고 자고 있다
그렇구나! 그래서 낮에도
이렇게 계속 쉬고 있구나

이 시골뜨기는
이른 저녁 피기 시작하는

분꽃 2S oil on canvas 2025

‘꽃시계’인 줄은 알았지만
피고 쉬는 그 낮과 밤이 바뀐 줄은 몰랐다

향기로운
그래서 더 그리운 분꽃에서
“분꽃 폈다, 저녁 해라”
엄마 목소리가 들린다

어느 날
네가 나에게 왔다
함께 지내자고
활짝 핀 그리움으로!

수원 말씀의집 정원 6F oil on canvas 2024

4

영신수련 피정

수원 말씀의집 피정 들어가기 전 '나의 삶'을 기록하다 2024.5.29.

권영순 젬마는 경기도 화성군 매송면 천천리에서 아버지 권윤식과 어머니 임원분의 둘째 딸로 태어났다. 부모님은 돌아가시기 전 요셉과 마리아의 세례명으로 세례를 받으셨다.

최초의 기억은 6살쯤 6·25전쟁 때 충청도로 피난 가던 일. 아버지는 국민병으로 가셔서 함께 못 가시고 큰아버지네 식구, 할머니, 큰고모와 아들, 큰삼촌과 작은삼촌, 엄마와 우리 자매 넷. 이렇게 대식구가 미숫가루, 엿 등 먹을 것을 마차에 싣고 피난길을 떠났다.

걷다가 마차를 타기도 하고 큰아버지 지게에 올라앉아 타고 가던 기억도 난다. 길가에 시신들의 모습이 눈에 띄면 엄마가 못 보게 딴 데를 가리키며 관심을 돌려 주셨다. 우리가 머문 곳은 편찮으신 할아버지만 홀로 누워 계신 집이었다. 어느 날은 할아버지가 콩엿을 주셨는데 병이 나한테 옮을 것 같아 먹기 싫었던 기억이 난다.

얼마 동안 피난살이를 하고 다시 집으로 돌아왔다. 누군가 우리 집에서 피난살이를 했지만 피난 가기 전 엄마가 뒷밭에 묻어둔 쌀과 김치가 남아 있었다. 엄마가 쌀로 개피떡을 만들고 김칫국을 끓여 피난민들에게 팔았고 언니와 내가 방앗간 앞에 앉아 떡을 팔았던 기억도 아득한 그리움으로 느껴진다.

그 후 기억은 내가 아파서 죽을 뻔하다 살아난 일이다. 방에 누워 앓고 있는데 엄마가 "아버지도 못 보고 죽는구나." 하시면서 우셨다. 그러던 어느 날 아버지의 목소리가 들려 "아버지, 옷 입혀 주세요." 하고 소리를 질렀다. 국민병에서 돌아온 아버지가 옷을 주섬주섬 입혀 주셨고 아버지 자전거를 타고 오목내에 있는 병원에 다니면서 나아진 것 같다.

그 이후 기억은 폐허가 된 학교에서 언니와 찍은 사진으로 남아 있다. 방앗간은 다시 돌아가고 우리 자매들은 국수 말리는 마당에서 멍석 위로 떨어진 국수를 줍고, 살구나무에 매단 그네를 타고, 겨울에는 얼어붙은 논두렁에서 아버지가 만들어 준 썰매를 타던 어린 날들이 그립다.

매송국민학교 다니던 시절 6학년 5월, 아버지는 나를 수원 세류국민학교로 전학시키셨다. 수원여자중학교 입학 시험에서는 1등을 해 입학금 면제를 상으로 받았다. 중2때 받은 세례는 나의 일생을 이끈 큰일이 되었다.

수원여고 시절은 학교생활의 진면목을 살았던 3년이 아닌가 싶다. 체육시간에 운동을 잘 못해도, 그림을 잘 못그려도, 노래를 잘 못해도 선생님들의 예쁨을 받았다. 이렇게 운동, 그림, 음악을 제외한 다른 과목 성적이 좋은 탓에 단짝인 이옥로와 1, 2등을 다투며 즐거운 학교생활을 하였다.

1965년 서강대 화학과 학생으로, 대학원생으로 6년의 단계가 시작되었다. 시골뜨기 학생으로 할 것이 없으니 공부만 하는 공부벌레가 된 것이다. 대부분의 시간을 학교에서 지냈다.

대학원 졸업을 앞둔 어느 날 학과장 선생님께서 춘천 성심여자대학에 연구 조교로 가겠냐고 물은 것이 인연이 되어 39년 반 동안 화학과 교수로 성심생활이 시작되었다.(1971.3.~2010.8.) 78년 2월 박사 학위를 받고 그해 3월부터 조교수의 직함으로 강의를 시작해 2010년 8월 퇴직하기 전까지 역곡 캠퍼스에서 근무하였다.

퇴직 3년 전 우연히 시작한 그림이 퇴직 후 노년 삶의 큰 기쁨이 되고 있다. 1980년, 늦은 나이에 결혼해 아이를 낳을 수 있을까 염려하시는 시부모님께 두 손자를 안겨 드리고 40여 년 동안 남편 아오스딩과 살아온 소소한 삶의 이야기를 유화 그림과 일상의 글로 풀어내며 살고 있다.

이제 남편 먼저 보내고 책 읽기와 그림 그리기, 피아노 연습으로 하루하루의 시간을 보내고 있지만 가장 소중한 것은 60여 년의 신앙생활과 기도이다.

그래서 지금 영신수련 피정을 신청하고 기다리고 있다. 이 피정이 어떤 새로운 단계로 나를 이끌어 주실지 모든 것을 의탁하며 준비하고 있다. 주님, 자비를 베푸소서!

이냐시오 영신수련 피정의 시작 2024.5.30.

천천히 숨 쉬듯이 소리 내서 읽고 듣는다.

> 한처음에 하느님께서 하늘과 땅을 창조하셨다. 땅은 아직 꼴을 갖추지 못하고 비어 있었는데, 어둠이 심연을 덮고 하느님의 영이 그 물 위를 감돌고 있었다.(창세기 1,1-2)

한 구절 읽고 머무르고 한 문장 끝나면 차분히 전체를 읽는다. 이렇게 하느님의 창조 마음과 그때 그리고 창조가 이루어지는 모습을 생각한다. 상상력이 부족한 나지만 조금씩 빨려 들어간다. 한 단어, 한 구절 곰곰이 되새기며 "하느님, 왜 창조하셨나요?" 하고 묻는다. "그 텅 빈 공간에 혼자 있으시니 외로우셨나요?" 하느님이 웃으신다.

그렇구나. 하느님이 사랑하시기 위해 창조하셨구나. 특히 하느님을 사랑해 줄 창조물, 인간의 사랑이 필요하다고 하신다. 그래서 어둠의 심연에 당신의 영이 때론 약한 입김처럼, 때론 뜨겁고 강하게 감돈다. 창조의 시작이다.

외우지 못하는 나는 자꾸 되뇌이다 기록까지 한다. 외운 말씀이 한순간에 날아가 기억이 안 날지 모르지만 이 첫 시간이 감사하고 소중하다. 제 마음 속으로 들어오셔서 함께하시고 지켜주소서. 시작입니다.

9시에 30분간 성당 의자 등받이에 몸을 붙이고 깊이 앉아서 기도 연습을 한다. 창세기 1장 1-2절을 묵상한다. 그러다 조금 졸기도 한다. 묵상 후 10시까지 이승훈 신부님과 면담을 갖는다. 내 인생 이야기와 피정 온 동기, 느낌 등을 나눈다. 마음이 평온해져 좋다. 박 신부님과의 인연 이야기도 한다. 10시에 20분 동안 예수님을 뵙고 Soul Forest 산책을 한다. 차 소리가 들리지만 숲 소리 귀 기울여 듣고 풀 향기 맡으며 빨간 보리수 하나 입에 넣는다. 방으로 와서 창세기 1장 3-5절 천천히 읽고 묵상한다.

11시 3층 경당 미사에 참례한다. '황금 독수리의 알'이란 제목의 강론을 듣는다. 황금 독수리가 알을 닭장으로 떨어트렸다. 닭이 달걀들과 함께 품어 병아리들과 황금 독수리의 아기 새가 태어났다. 어느 날 이 아기 새는 황금 독수리가 멋진 황금빛 날개를 펼쳐 창공을 날아가는 모습을 본다. 자기를 한갓 작은 병아리로 생각하면서도 "우리는 언제 날까?" 하고 독수리를 부러워한다. 우리도 그동안의 자기를 벗어나 하느님 자녀의 본모습을 찾아야 한다.

그러면 나의 모습은 어떨까? 시골뜨기의 콤플렉스는 벗어난 듯하다. 오래 걸렸다. 지금은 나대로의 모습을 그대로 사랑하고 받아들인다. 그러나 이제 하느님 자녀의 모습을 찾아야 한다. 십자가에 못 박히신 예수님을 바라본다. 나를 자녀로 삼기 위해 고난을 받으시고 십자가에 매달려 죽으시고 부활하셨다. 이렇게 주님은 끊임없이 내 곁에서 맴돌고 계신다.

그리고 피정을 도와주시는 신부님과 여러 사람의 이야기를 통해 끊임없이 말씀하신다. 듣고 깨닫고 실천하며 사랑으로 받아들여 살라고 하신다. 세례의 은총으로 황금 옷을 입은 나에게 "그 옷값을 해라. 날아다니는 황금 독수리 무리를 바라보기만 하는 것이 아니라 너도 그렇게 되라."고 하신다. 조금씩 걸어온 나의 오솔길에서 황금 독수리이신 주님을 향하는 큰길로 들어서라고 하신다.

> 나는 그분 곁에서 사랑받는 아이였다. 나는 날마다 그분께 즐거움이었고 언제나 그분 앞에서 뛰놀았다. 나는 그분께서 지으신 땅 위에서 뛰놀며 사람들을 내 기쁨으로 삼았다.(잠언 8,30-31)

나의 피정은 하느님 앞에서 뛰노는 시간, 진정한 휴가, 쉼으로의 초대이다. 하느님의 영은 나의 피정 지도자이시다.

점심 후 창세기 3-5절을 친친히 읽으며 외운다. 1시 10분에 산행이다. 박영철 신부님 인솔하에 피정의 집 왼쪽으로 올라간다. 밭을 일궈 놓은 곳까지 갔다가 올라가는 길이 무리가 될 것 같아 나는 돌아와 Soul Forest를 산책하고 예수님상 앞에서 만난다. 코스는 다르지만 1시간가량의 산책이다. 방으로 돌아오니 2시 10분. 잠시 쉬고 3시 30분부터 기도를 시작한다. 창세기 1장 3-5절을 외운다.

> 하느님께서 말씀하시기를 "빛이 생겨라." 하시자 빛이 생겼다. 하느님께서 보시니 그 빛이 좋았다. 하느님께서는 빛과 어둠을 가르시어, 빛을 낮이라 부르시고 어둠을 밤이라 부르셨다. 저녁이 되고 아침이 되니 첫날이 지났다.

하느님은 말씀하시고 보시고 가르시고 부르신다. 삶에도 빛과 어둠이, 낮과 밤이, 아침과 저녁이 생기고 지나간다. 하느님은 이 모든 것을 좋다고 느끼신다.

4시에 30분 동안 묵상한다. "빛이 생겨라." 말씀대로 모든 것이 생겨났다. 하느님께서는 모든 것이 가능하다. 행복과 불행, 기쁨과 고통. 대비되는 모든 것이 필수적인 것이다. 저녁이 지나고 아침이 오는 데는 시간이 필요하다. 그래도 하느님이 좋은 것만 주셨더라면 더 좋지 않았을까? 하느님이 뜻하신 모든 것이 좋게 느껴져서 당신 바라신 대로 창조하셨겠지. 복도를 거닐며 창문 끝으로 보이는 숲을 바라본다. 빛이 있기에 보인다.

5시 강의 듣고 성서 구절과 영적 독서하고 십자가의 길 14처 산책 후 내일 묵상할 성서 전체를 읽고 오늘의 피정을 마무리한다.

피정 둘째 날 2024.5.31.

희미하게 들리는 밖의 소리를 들으며 앉아 있다. 그동안 모든 인연들을 품어 안고 내 삶의 의미인 듯 되새기고 감사하며 살아왔다.

고향의 맑게 흐르는 개천, 큰 돌 위에 앉아 바라본다. 이제 모두 흘려보내야지. 나를 바라보자. 나를 바라보시는 하느님만을 바라보자. 항상 나를 감돌고 계시는 분을 모시고 함께하자. 비우고 흘려보내고 또 비우자. 다 비워서 홀로 남자. 그래야 그분과 함께할 수 있으니.

7시 10분 성당에서 본기도를 시작한다. "척박한 땅에 안개가 솟아올라 땅거죽을 모두 적셨다."(창세기 2,5-7) 흙의 먼지, 생명의 숨, 생명체에 대한 말씀이 들린다. 남편 아오스딩 돌아가시고 유령처럼 마치 공황장애 환자처럼 붕 떠다니듯 비틀거리며 걸어가는 나를 바라본다. 헛디뎌 넘어지기도 하고 차를 타면 어지럽다. 그러면서도 실려고 산책을 나간다.

어느 날 개인 주택들이 있는 곳으로 걷는다. 자그만 공원 옆에 '뜰'이라는 전시장이 보인다. 나의 손을 붙잡으시고 힘을 내라고 생명의 숨을 불어넣어 주신다. 그래서 그림 전시 준비를 하고《동행, 그리움 되다》를 출판한다. 그리고 '뜰'에서 그림과 책의 전시로 사람들을 만난다. 그 사람들을 통하여 하느님께서 힘을 주신다. 내가 너에게 자그마한 맡길 일이 있다고 생명의 숨결을 넣어 주신다.

80 노구의 몸이지만 조금씩 회복되어 나에게 주신 소명이 무엇인지 곰곰이 생각한다. 사랑이다. 당신을 온전히 사랑하라. 그림으로 이웃을 사랑하라. 이 소명을 온몸으로 느끼고 나누고 싶다. 여기 지금 와 있는 이유이다. 당신이 초대하시고 나는 응답한다. 뜨거운 눈물이 흐른다. 나를 다시 살아가게 하시려고 끊임없이 내 코에 당신 숨을 불어 넣으시는 하느님의 사랑과 함께하며 하느님의 마음 안에 온전히 머물고 싶다.

아침 식사 후 9시까지 산책이다. 10시의 면담 동안에도, 면담이 끝난 후에도 계속 눈물이 흐른다. "제가 이렇게 사랑받아도 됩니까?" 남편 돌아가신 후 박정자 수녀님의 도움으로 목욕휠체어는 수녀원 노인홈에, 휠체어와 침대는 평창동 예수회 원로사제 집에 보냈을 때 책임자분이 이승훈 신부님이셨다. 지금 피정의 지도신부님이 이승훈 신부님이시니 그 인연의 고리가 어디서 이어지고 어떻게 깊어지고 얽히는지 그리고 하느님께서 숨겨져 있는 이야기를 어떻게 풀어내실지 나는 모른다. 오직 의탁하고 감사할 뿐이다.

11시부터 1시 30분까지 미사, 점심, 묵주기도와 함께하는 산책, 다시 나의 피정방의 여정으로 이어진다. 강론은 마리아의 엘리사벳 방문이야기와 상관없이 옹기장이 이야기로 시작하신다. 끝난 후 2층 성당으로 가 성가 49장의 가사를 베낀다. 성서의 어디에 있는지 놓쳤기 때문이다.

'옹기장이 손에 든 진흙'이 달항아리를 그리려고 많은 과정을 거친 샘의 캔버스로 느껴진다. 옹기장이가 어떤 옹기를 만들 것인지 고심하고 좋은 흙을 고르기 위해 애쓰고 품에 안은 듯이 물레를 돌린다. 마음에 드는 형태가 만들어질 때까지 매만지고 마르는 동안의 기다림을 견뎌낸다. 그 다음에는 적합한 나무로 불을 지펴 가마의 온도를 유지하기 위해 살피고 조절하고 기다린다. 그리고 나타난 옹기를 본다. 마음에 들지 않으면 깨 버리고 마음에 드는 것만 남겨 보살핀다.

하느님은 옹기장이시다. 각각의 옹기를 만들기 위해 애쓰시고 당신 모습이 새겨진 그 옹기를 보시며 기뻐하신다. 계속 바라보시며 염려하시는 모습 속에 사랑이 보인다. 나는 하느님이 빚으신 옹기이다. 나의 지금 모습이 되기까지 노심초사하시며 모든 것을 합하여 좋은 모습을 만드시려고 얼마나 많이 애쓰셨을까? 나는 어떻게 그 사랑에 응답하며 살아야 할까? "보시니 좋았다." 하실 수 있도록.

4월은 바쁜 달이었다. 내 팔순 생일이 있고 전시와 함께 책을 출간하고 나눔과 만남이 이어졌다. 4월의 마지막 날 국 샘과 표 샘, 나 셋이서 생일잔치 마지막을 장식했다. 자연히 샘의 건강과 요사이 그리는 그림으로 화제가 모아지고 달항아리, 도자기 그림 사진을 보았다. 작은 사진으로 보는 것이지만 광채가 생생한 보석을 보는 느낌이랄까. 기쁨과 응원이 오고 갔다. 샘으로서는 촉촉이 안개비에 젖어 힘을 얻는 방법이다.

그런데 그 안개비가 멀리서 생명의 숨으로 연결되었다. 졸지에 나는 샘의 달항아리 그림과 표 샘 언니의 구매를 연결하는 중간 큐레이터 역할을 한다. 그림 전달은 화실 샘이 그림 그리는 이유뿐 아니라 6개월간의 투병으로 인한 고통이 한꺼번에 보상되는 일이기도 했다. 50여 년 세월을 그림 그리는데 바치며 느꼈을 행복과 힘듦 그리고 지금 항암 치료의 어려움을 그림 그리기로 견디고 있는 샘. 여기에 구체적인 삶의 힘을 얻게 된 것이다.

화실 샘, 표 샘, 표 샘의 언니 그리고 나. 이 연결 고리 속에 하느님의 영이 작용하심을 느낀다. 의도하지 않고 샘의 그림이 좋아 지인에게 그냥 보여 주었는데 주님은 파장을 일으켜 퍼져 나가게 하신다. 5월 한 달 동안 샘의 그림이 표 샘의 언니에게 전달되는 일이 이루어지면서 얼마나 감사드렸는지 모른다. 이렇게 하느님의 손길을 느끼던 어느 날 카톡에 샘이 마음을 전한다. "교수님을 통하여 살아 있는 예수님을 체험합니다." 샘이 주님이 함께하심을 체험하고 고백하기까지 주님은 나를 쓰신 것이리라.

나는 지금도 기도한다. 한순간에 샘의 병을 고쳐주시는 기적을 원하는 것이 아니다. 우리 모두 내일을 모른다. 샘뿐만 아니라 우리 모두 오늘을 잘 살게 해 주시기를 기도한다.

먼지 같은 우리
안개로 촉촉이 적셔
빚어 주시고 당신의 숨으로
살아 있는 생명체가 되어
하루하루 당신이 보시기에
좋은 우리가 되게 하소서

6시 강의 주제는 예수님 그리고 은총이다. 이유 없는 눈물이 흐를 때는 마음껏 운다. 사람이 되신 하느님의 마음은 우리와 함께 계시기를 원하시는 마음이시다. 6시 식사 후 산책 그리고 다시 피정방이다.

피정 셋째 날 2024.6.1.

셋째 날이 밝아 온다. 희미한 밝음과 어둠이 한자리에 머물러 있다. 조금씩 어둠이 밝아지고 밝음은 더 밝아진다. 형체가 드러나고 있다. 하나도 같은 것은 없다. 그리고 나도 혼자이다.

이름을 불러 보려고 하지만 이름을 모른다. 이름 모르는 나무, 꽃, 풀, 날아다니는 새들, 기어다니는 벌레들과 수많은 생명체. 말이 나오지 않는다. 오늘도 이유 없는 눈물이 왜 흐를까? 알지 못하는 이유가 내 속에 가득 찬 것을 풀어내는 눈물이다.

혼자여도 외롭지 않다. 피정을 위해 함께 모였지만 마치 없는 듯 있는 듯 지나가는 사람들, 가끔 눈이 마주쳐도 그냥 지나친다. 낯선 사람들, 아니 친숙한 사람들, 모르는 사람들, 그래도 같은 마음을 가지고 모인 사람들이다. 하루에 한 번 대리자인 신부님을 만나 못 한 말들을 풀어낸다. 하루를 몽땅 다 쏟아 놓으면 다시 배고프다.

매일의 피정이 조금씩 다르고 깊은 주제가 열린다. 나는 침묵 속에서 씨름을 한다. 말씀을 통해 주님을 만나고 바라본다. 가득 찬 것 같은 텅 빔에서 소용돌이치며 흘러나온다. 저 자동차 소리의 세상이 아득히 멀어지고 있다. 모든 인연들이 흩어지고 있다. 가득 찬 것들이 비워지고 있다. 어느 때인가 다시 채워지고 또 비워지고 할 것들, 그리우면서 멀리하고픈 모든 것들.

그러나 그 속에서 살아야 한다. 기쁨, 슬픔, 행복, 힘듦의 삶 속으로 기쁘게 다가가야 한다. 그러기 위해 지금 여기에 있다. 엘리야의 식탁, 자연, 침묵, 님과의 만남, 강의, 면담, 홀로 있음. 그리고 나와의 씨름이 있다.

피정 셋째 날. 남아 있는 날들이 반갑기도 하고 까마득하게 느껴지기도 한다. 집이 그립기도 하고 아득히 멀기도 하다. 말하고 싶기도 하고 필요 없기도 하다.

나의 자리가 어딜까? 더 높은 곳일까? 아니면 땅속 깊은 곳일까? 하늘일까? 아무 상관이 없을까? 점점 더 밝아오고 밖의 소리는 커진다. 바쁜 세상의 모습이 자동차 소리로 들려온다. 두터운 성경책이 보인다. 메모 노트, 강의 노트, 기록 노트. 그리고 연필 두 자루, 안경, 시계, 묵주, 물컵. 이렇게 인생이 책상 위에 놓여 있다. 그리고 빛을 밝혀 주는 스탠드가 있다. 오늘 하루의 피정 친구들이다. 새벽 5시에 셋째 날을 시작한다.

요한복음 1장 1-18절을 읽는다. 두 번째는 하느님을 성부로, 말씀과 그분을 성자로 바꾸어 읽는다. "한처음 성자께서 계셨다. 성자는 성부와 함께 계셨는데 성자는 성부셨다. 성자는 한처음에 성부와 함께 계셨다." 오늘 청할 은총은 사람이 되시는 하느님의 마음을 알게 해 주심이다. 잠언 8장 31절의 "나는 그분께서 지으신 땅 위에서 뛰놀며 사람들을 내 기쁨으로 삼았다."를 묵상한다.

6시 50분에서 7시 30분 사이 루카 2장 1-14절을 읽고 본기도를 한다. 호적 등록을 하러 길을 떠나신 요셉과 마리아. 아마도 말을 타고 가셨을까 싶다. 이집트로 피난 가실 때 아기 예수님을 안고 말이나 나귀 등에 앉으신 어머니 마리아와 아버지 요셉의 모습과 겹쳐진다.

나의 베들레헴은 제일병원이다. 승용차도 없을 당시 무얼 타고 갔을까? 버스와 지하철일까? 마구간의 구유가 떠오른다. 어렸을 때 항상 집 안 대문 왼쪽에 있던 외양간에는 쇠죽과 여물을 먹던 소가 있었다. 가끔 닭들이 들어가 무언가를 쪼아 먹곤 했다. 항상 구유에 누우신 예수님을 생각하면 김이 모락모락 나는 쇠죽이 떠오른다. 그 쇠죽을 다 먹은 소는 여유 있게 입을 오물거리며 포대기에 싸여 누워 있는 아기 예수님을 바라본다. 선한 눈으로.

큰애는 여름방학(81.6.30.)에 태어났고 작은애는 겨울방학(82.12.30.)에 태어났다. 고도임 수녀님이 학장하실 때 하시던 말씀이 떠오른다. 중고등학교나 초등학교 여선생님은 학기 중간에 아기를 낳는데 대학에서는 강의를 대신 맡아 줄 다른 선생님이 없는 상황인 걸 알고 여교수는 방학에 맞춰 낳는다고. 그래서인지 나는 방학에 낳고 방학 동안의 2개월 정도를 쉬고 학기

초에 출근하였다. 젖이 불어서 연구실에서 짜내며 마음이 아팠다. 옷이 젖기도 했다. 그러나 배부른 상태로 강의할 때는 부끄러운 줄을 몰랐다. 막상 닥치고 보니 임산부들이 많이 보이고 오히려 당당하게 다니고 교단에 섰던 것 같다. 시부모님이 오셔서 돌봐 주시고 또 아줌마가 도와주셔서 두 아이가 자라났다. 기쁨과 사랑이 무엇인지, 그 안에 사는 것이 얼마나 큰 행복인지 크게 말할 수 있음에 감사하다.

하느님께 묻고 싶다. 창조하고 보시니 좋아 그 기쁨과 사랑을 함께하고 싶으셔서 우리에게 예수님을 보내셨지만 고통을 겪는 성자의 모습을 보시고 힘들지 않으셨냐고. "아니, 나도 그 고통 속에 함께 있었다."고 하시는 성부 하느님.

우리도 삶에서 힘듦을 겪는다. 그런데 성부의 마음은 우리의 힘듦을 넘어서는 예수님의 힘듦과 고통을 함께하신다. 성부 성자 성령이 하나이시니 그 고통도 함께이시다. 우리도 자식이 힘들면 더 힘들지 않던가. 결국 인간의 기쁨과 힘듦을 함께하시는 마음이 하느님의 마음이시다.

오늘의 시간은 감사의 시간이다. 눈물도 흐르지 않는다. 시부모님, 아빠, 아들 둘이 함께하는 시간이다. 그러고 보니 지금은 재이와 지완이와 함께하는 기쁨과 행복이 더 크다.

하느님의 마음은 어떠실까? 과연 당신과 당신 아들의 애쓰심이 지금은 기쁨과 행복으로 느껴질까? 나를 기쁘게 바라보실까? 물음표가 너무 많다. 바라보시며 미소가 흐르게 하여 드려라, 젬마야!

아침 식사 후 산책하며 환희의 신비 묵주기도를 드린다. 9시 30분에서 10시까지 면담이다. 익힘, 묵힘, 그림 이야기, 수태고지, 두 아이의 태어남과 기쁨과 행복이 재이와 지완이를 통해 이어지는 하느님의 마음. 항상 이야기하다 보면 면담 시간을 넘긴다. 신부님은 내 속의 이야기를 끄집어내는 힘이 있으신 것 같다. 이렇게 하느님의 기쁨과 사랑이 계속 이어지는 것이 우리의 삶이다. 이것이 바로 구원이 아닐까?

11시 미사에는 양형 영성체를 모시고 강론으로 강생의 신비를 듣는다.

> 이사이의 그루터기에서 햇순이 돋아나고 그 뿌리에서 새싹이 움트리라. 그 위에 주님의 영이 머무르리니…(이사 11,1-2)

땅에 깊게 박힌 뿌리로부터 물이 나무줄기로, 가지로 올라가 새싹을 틔운다. 중력의 법칙을 벗어난 양분은 아래로부터 위로, 가지의 마디 끝으로 가서 새싹을 밀어 올린다. 새싹은 창조물인 땅, 물, 빛, 나무의 도움을 받는다. 창조자가 창조물의 도움을 받아 태어나고 키워진다. 강생의 신비이다. 나는 태어나는 아기를 생각한다. 열 달 동안 엄마의 뱃속에서 싹이 터 키워진다. 그리고 엄마의 손길, 가족과 사회의 보살핌으로 성장한다. '나의 존재'로 살게 되기까지.

12시에 점심 후 산책하고 잠깐의 낮잠도 잔다. 오늘의 묵상은 일상의 순교이다. 그리스도의 가치를 실천하며 신앙을 증언하는 것이다. 3시부터 3시 40분까지 성당에 머문다. 루카 1장 26-38절 말씀으로 본기도를 한다. 왜 마리아를 선택하셨을까? 그동안 눈여겨보시지 않았을까? 요셉 성인도? 이 모든 것은 성부 하느님께서 그 가정에 성자 예수님을 맡기심이고 마리아와 요셉에게는 곰곰이 그 뜻을 생각하고 의탁하고 받아들임이다.

5시에 강의가 시작된다. 묵시록 21장 1-8, "보라, 이제 하느님의 거처는 사람들 가운데에 있다." 예수님의 30년간 숨겨진 생활, 목공소에서의 삶, 침묵, 친구들을 부르시는 과정을 상상해 본다. 말씀이 사람이 되어 가시는 과정이 우리의 삶과 똑같이 느껴진다.

6시 식사 후 7시까지 산책하고 내일의 피정 준비를 하고 9시에 잠자리에 든다. 찬기가 있어서 그런지 기침이 자꾸 나 10시경 일어나 앉았다. 방바닥은 계속 차갑다. 난방 스위치 숫자를 올려 본다. 불이 켜진다. 일어난 김에 따뜻한 물을 갖다 마시며 책상에 앉는다. 요한 4장 사마리아 여인 이야기가 성경에 펼쳐져 있다. 익숙한 이야기라고 생각했지만 아는 얘기가 아니었다. 곰곰이 읽다 보니 구석구석 새롭게 다가온다.

사마리아 여인과 자캐오의 예수님과의 만남을 묵상한다. 길을 걷느라 지치신 예수님, 우물가에 앉으셨을 때는 정오였다. 이때 물을 길으러 온 사마리아 여인. 고향 본가 안마당에 우물을 파기 전 엄마는 동네 한가운데 있는 우물에서 물을 길어 오시곤 했다. 양쪽에 물통이 달린 지게를 메고 오시던 생각이 난다. 큰 다라이, 큰 물통에 물을 쏟아 붓고는 또 가셨다. 대부분 새벽이나 저녁때였다. 우물가에서 동네 아주머니들과 만나는 시간이기도 했다. 그런데 사마리아 여인은 왜 정오에 물을 길으러 왔을까? 아무도 만나고 싶지 않았기 때문이다. 어찌 보면 약점이 있는 왕따 아니었을까? '남편이 없다고 했지만 남편이 다섯이나 있었고 지금 사는 남자도 남편이 아니다.'라고 예수님은 말씀하신다. 아픈 약점을 예수님이 찌른 격이다. 그러니 다른 여인들의 눈을 피해 한낮에 물을 길으러 왔다가 "나에게 마실 물을 좀 다오." 하시는 예수님과 만나게 된다.

자캐오는 키가 작다고 했다. 키가 작아도 사람들 속으로 들어가 앞으로 나가면 만날 수 있을텐데 무화과나무에 숨어서 몰래 보려고 했다가 예수님께 들킨 것이다. 자캐오는 세관장으로 돈을 긁어모으는 사람이다. 그래서 다른 이들과 어울리지도, 환영받지도 못하는 사람이다. 사마리아 여인과 자캐오는 숨어 있는 사람, 자신을 드러내지 못하는 사람, 사람들이 인정해 주지 않는 익명의 사람이다. 두 사람이 예수님과 만나는 모습도 특이하다.

예수님께서 먼저 말을 걸으셨다.

"자캐오야, 얼른 내려오너라. 오늘은 내가 네 집에 머물러야겠다." 자캐오는 기쁘게 예수님을 모셔 들었다. 사마리아 여인은 쉽게 받아들이지 않는다. 유다인인 예수님이 이방인인 사마리아 사람에게 말을 건 것조차 이상하다고 하며 따진다. 결국 "선생님, 그 물을 저에게 주십시오." 하며 영원히 목마르지 않는 물을 청한다. 그러면서 사람들의 눈을 피해 물을 길으러 오는 것이 얼마나 힘들었으면 "이제 물을 길으러 이리 나오지 않아도 되겠습니다." 하고 말한다. 자캐오는 재산을 가난한 사람들에게 나누어 주고 횡령한 것을 네 곱절로 갚겠다고 말한다. "오늘 이 집에 구원이 내렸다."고 예수님은 말씀하신다.

사마리아 여인의 이야기는 계속된다. 여인은 마을 사람들에게 달려가 "너와 말하고 있는 내가 바로 그 사람이다."라고 말씀하시는 메시아를 만났다고 증언한다. 그리하여 그 사마리아 고을에 예수님이 이틀을 머무시고 많은 사람들이 알게 되었다. 마실 물을 달라고, 나무에서 내려오라고 먼저 말을 거시는 예수님. 힘듦을 뛰어넘어 예수님을 사랑하는 두 사람의 이야기가 닮은 듯, 다른 듯 가슴에 와닿는 이 한밤중 지금은 12시 30분이다. 으스스 추움과 기침이 준 선물이다.

피정 넷째 날 2024.6.2.

처음으로 방바닥과 방 공기가 따뜻해서 좋다. 내가 바보 같다. 그래도 좋다. 그대로 받아들인다. 6시부터 40분 동안 성당에 머문다. 아버님 기일이다. 정발산성당에서 연미사가 진행되었겠지? 나는 주모경으로 추모기도를 드린다.

루카 5장 1-11절 예수님께서 베드로를 부르심을 읽는다. 한쪽에서는 어부들이 배 두 척을 대어 놓고 그물을 씻고 있다. 시몬의 배에 오르시어 계속 군중에게 말씀을 하신다. 군중이 겐네사렛 호숫가에 모여 있다. 나는 한쪽에 있는 바위 위에 앉아서 듣고 있다. "너희는 내 사랑 안에 머물러라." 하시며 사랑에서 오는 기쁨, 충만, 열매에 대하여 그리고 예수님과 친구가 되라고 말씀하신다.

나는 샘에게 레슨을 받고 있다. 샘이 옆에 앉아 있다. 다른 화우들도 각자의 캔버스 앞에 앉아 자신의 그림에 붓질을 하고 있다. 샘이 나의 붓질을 보고 가르친다. "어두운 곳을 더 어둡게 칠해 보세요." 내가 대답한다. "겁나서 더 진하고 어둡게 못 하겠어요." 시몬의 "밤새도록 애썼지만 한 마리도 잡지 못했습니다. 그러나 스승님의 말씀대로 제가 그물을 내리겠습니다." 하는 대답과 겹쳐진다.

그물이 찢어질 만큼의 많은 물고기가 잡혀 여기저기 쌓여 있듯 나의 그림들도 넘친다. 이 다음에 이 그림들을 다 어떻게 하지? 나누고 나누어도 그림 작품들이 "여전히 나 여기 있소." 한다.

어느 날 겁이 났다. 베드로가 "주님, 저에게서 떠나 주십시오. 저는 죄 많은 사람입니다." 하고 말하듯이 나도 "이제 그만 배우겠습니다. 아무리 해도 저는 안 될 것 같아요. 샘의 붓질이 더해지지 않으면 마음에 드는 그림이 안 돼요."라고 말했었다. 그러나 그런 가운데 샘과 그림과의 만남이 기쁨이 되고 친구가 되어 갔다.

열매도 맺었다. '그림일기책'이다. 제자 시몬은 즉시 모든 것을 버리고 예수님을 따랐다. 그러나 나는 나의 결정이 아니라 샘의 아픔으로 인해 6개월째 화실 문이 닫혀 홀로 남았다. 베드로는 예수님을 따라갔는데 나는 혼자가 되었다. 조금씩 붓질을 하며 혼자 그리는 연습을 하고 있다. 오랫동안 해 주신 샘의 말씀을 따라가며 부족한 듯하고 덜 완성된 듯하지만 한 작품 한 작품 그리며 그동안 그려 온 작품에 하나씩 보태는 열매를 맺고 있다.

9시의 면담과 산책, 쉼이 이어진다. 11시 미사에 참례한다. 우리는 숨 쉬고 마시고 먹어야 산다. 우리가 야채를 먹을 때 야채는 죽는다. 성체성혈은 예수님이 십자가 죽음을 통하여 흘리신 살과 피다. 우리는 예수님이 희생과 사랑으로 주신 당신의 살과 피를 먹고 마심을 통하여 영원한 생명을 얻는다. 우리는 다른 이에게 살과 피를 내줄 만큼의 사랑을 줄 수 있을까? 주님처럼 우리도 주어야 한다.

점심, 묵주기도의 산책, 쉼과 낮잠이 이어진다. 3시 30분부터 4시 성당에 머물며 마르코 10장 46-52절 바르티매오의 치유를 본다. 눈먼 거지가 예수님이라는 소리를 듣고 "예수님, 저에게 자비를 베풀어 주십시오." 외치고 결국 치유를 받고 예수님 따라 길을 나서는 이야기이다. 예수님의 유명한 대화가 나온다. "내가 너에게 무엇을 해 주기를 바라느냐?" 바르티매오는 용기가 있었고 다시 보게 되었을 때 희망이 있었다.

남편 아오스딩과 나를 생각해 본다. 혈변 때문에 방광암 수술은 했지만 항암 치료는 하지 않았다. 그리고 고관절 수술도 처음에는 하지 않고 지냈다. 그러나 수술 후 휠체어를 탈 수 있음에 감사하게 되었다. 여러 가지 여건상 힘듦을 견디고는 있었지만 보이는 희망이 없었다. 그래도 받아들이고 그 상태에서 조용히 지내는 것이 더 나은 방법이라고 생각했다. 지금도 후회는 없다. 나도 그렇다. 나는 건강검진조차 하지 않는다. 암이라도 발견되면? 치료할 의미가 없기 때문이다. 다만 눈먼 거지 바르티매오가 치유를 청하는 용기와 희망에 응답하신 것처럼 주님이 함께하시길 바랄 뿐이다.

5시 강의를 듣는다. 바람이신 성령에 의탁하니 자연스럽게 말씀의 파도 타기가 이루어진다. 삼박자인 기도, 산책, 쉼이 뒤따른다. 예수님을 사랑하고 우정이 깊어지도록 은총을 청한다. 예수님이 가시는 곳마다 변화가 일어난다. 지금 여기에서.

피정 다섯째 날 2024.6.3.

요한 2장 1-12절 가나의 혼인잔치 말씀을 읽고 7시 성당에서 본기도를 바친다. 큰삼촌이 장가가는 날이다. 엄마는 고모들과 동네 아주머니들과 잔치 음식을 만들고 나르느라 바쁘시다. 마루에서는 동네 어르신들이, 안방에서는 동네 할머니들이 우리 할머니와 함께 신랑인 큰삼촌과 함께 있다. 건넛방에는 새색시가 고운 옷을 입고 족두리를 쓰고 두 손을 저고리 속에 넣고 얌전히 색시 놀음을 하고 있다. 나는 엄마가 해 준 분홍 긴 한복 치마를 입고 여기 기웃 저기 기웃하며 공연히 신이 나서 집 안을 돌아다니고 있다. 떡 접시와 막걸리 주전자가 여기저기 옮겨진다. 샘내의 혼인잔치다.

갑자기 엄마가 성모님이 되고 가나의 혼인잔치가 계속된다. 요사이 집 떠나 제자가 된 젊은이들과 어울려 다니는 아들 예수님도 한쪽에 자리 잡고 있다. 바깥마당에는 멍석을 펴고 잔치가 벌어졌는데 포도주(막걸리)가 떨어졌다. 어쩌나, 아무 데도 말할 데가 없다는 소리를 어머니가 들으신다. 아들이 해결해 줄 수 있지 않을까? 아들에게 가서 "포도주가 없는데…" 하고 말씀하신다. 그런데 아들의 말에 성모님이 놀란다. "여인이시여, 저에게 무엇을 바라십니까? 저의 때가 오지 않았습니다."

"엄마를 보고 여인이라고?" 갑자기 내가 엄마 성모님이 된다. 아들들이 장성해 사회생활을 하게 되었다. 무슨 의논할 일이 있어서 얘기하면 "엄마, 그냥 두고 봐. 기다려 봐." 한다. 그러면 갑자기 아들이 아들이 아닌 것 같고 멀리 있는 낯선 사람처럼 느껴진다. 그래도 아들이다. 믿는다. 시간이 흐른다. 아들은 엄마의 말을 기억하고 해결에 나선다. 주위의 도움을 받아 "물독에 물을 채우고 퍼나르고…" 그러니 성모님도 섭섭한 마음을 가슴에 묻고 "무엇이든지 그가 시키는 대로 하여라." 하시지 않았을까?

그러다 나는 엄마의 딸이 된다. 공부하고 선생한다고 엄마를 뵈러 고향에 가는 일이 가끔이었다. 엄마는 그립다 못해 일일달력 작은 쪽지에다 맞춤법도 틀린 꼬불꼬불 글씨로 쓴 편지를 나에게 주신다. 그러면서 그동안 일어난 일들을 시시콜콜 이야기하신다. 나는 딸이었다가 선생이었다가 하며 엄마 의견에 이렇게 저렇게 코치를 한다. 엄마 입장에서는 딸이 엄마를 동네 여인으로 생각하는 것처럼 느껴져 섭섭해진다. 아들을 바라보는 엄마와 고향 어머니의 마음을 듣는 다 자란 딸의 입장이 되고서야 '여인이시여'란 이 호칭이 이해가 간다. 엄마를 바라보는 예수님, 당신은 나의 장성한 아들이시며 제가 온몸 바쳐 사랑해야 할 분이십니다. 길이요 진리요 생명이십니다. 사랑하고 친밀해질 수 있도록 제 손을 잡아 주소서.

9시 30분 면담 후 산책이다. 11시 미사에 마태 13장 24-30절 가라지의 비유 말씀을 듣고 묵상한다. "가라지(악의)가 있건 말건 일(선의)에 집중한다. 나쁜 것에 관심 두지 않고 불편해 하지도 말고 선한 것에 집중하다 보면 수확 때에 하늘나라에! 가라지를 뽑아내려고 관심을 두다 보면 거기에 신경이 쓰여 밀도 다치고 잘 키울 수 없게 된다."

점심 후 Soul Forest 짧은 산책 코스를 완주한다. 할 만하다. 1시부터 30분 동안 하느님께 마음을 모아 성서 1차 완독을 한다. 2시 30분까지 쉼과 낮잠이다. 3시 10분경 성당으로 간다. 방보다 춥다. 넓은 곳에 네, 다섯 분이 띄엄띄엄 앉아 기도하고 있다. 이번에는 오른쪽 중간에 놓여 있는 의자에 앉는다.

사랑하는 라자로가 아프다는 소식을 들으시고 며칠이 지나 무덤에 묻힌지 나흘째, 마중 나온 마르타를 만나신다. 마리아도 울고 주위 사람들이 우는 것을 보시고 마음이 북받치고 산란해지셔서 눈물을 흘리신다. 드디어 "돌을 치워라.", "라자로야, 이리 나와라." 부르시니 "그를 풀어 주어 걸어가게 하여라." 하신 모습들이 스쳐지나간다.

갑자기 기침이 나기 시작한다. 참아 보지만 다른 분의 기도에 방해가 될까 봐 조심스럽게 나와 햇빛 속을 걷는다. 따스하다. 갑자기 라자로가 다시 살아난 후 예전처럼 잘 걸어 다녔을까? 다시 병이 도져서 아플까 봐 걱정하지 않았을까? 걸으면서 생각이 스친다.

십자가길 숲속 의자에 앉는다. 내가 죽어 묻혔다. "젬마야, 살아나라." 하시며 살려 주신다면 나는 좋아라 할까? "나는 이제 죽어도 돼요. 그냥 놔두세요." 할 것 같다. 잠시 멈춰 생각해 본다. 혹시 아닐까? 이 푸른 하늘, 여기저기 피어 있는 꽃들, 나뭇가지를 춤추게 하는 바람, 새소리, 언뜻언뜻 내비치는 햇빛을 한 번이라도 더 보기 위해 "좋아요." 하며 벌떡 일어나 "감사합니다." 하며 걸어갈까?

다시 일어나 걷는다. 꽃길을 걷는다. "돌을 치워라."의 돌은 무덤을 가리고 있는 돌일까? 나를 가두고 있는 단단한 고정관념, 오만, 비판 등이 아닐까? 이것을 치우고 "나와라." 하시는 것이 아닐까? 그리고 돌은 아니더라도 얇게 그리고 두껍게 칭칭 감고 있는 단점들이 아닐까? 이것을 풀어 주어 걸어가게 하시려는 것이 아닐까? 그래, 매 순간 이렇게 새로이 살게 하시는 것. 이것이 라자로의 이야기가 알려주는 것이라는 생각이 든다. 예수님께서 눈물을 흘리실 만큼 사랑하는 라자로, 가볍게 자유롭게 평화롭게 살아난 라자로처럼 나를 살아가게 하시는 것이다.

꽃길을 지나 햇볕 찬연한 빛 속을 걷는다. 등이 따습다. 방으로 들어온다. "나를 믿는 사람은 죽더라도 살고…" 성가를 부르며 오늘 피정에 감사드린다.

피정 여섯째 날 2024.6.4.

어제 저녁 식사 후 소염진통제를 먹었다. 아침에 소금으로 코와 목을 씻을 때 누런 가래가 나온다. 책상에 앉아 있을 때도 기침과 재채기가 나며 휴지에 가래가 묻어나온다. 열이 나지 않는 것에 감사, 감기였나?

7시 10분부터 40분까지 3층 성당에서 본기도 시간을 갖는다. 성체 앞에 가까이 의자를 갖다 놓고 앉는다. 다행이 아무도 없다. 예수님은 베드로와 야고보와 요한을 머물게 하시고 홀로 앉아 바위에 손을 얹으시고 기도하시겠지.

나는 기도하며 의자에 앉아 있다. 아들, 며느리, 손녀 손자가 멀리 떨어져 일상을 살고 있다. 그리고 언니, 동생들, 친구들과 수녀님은 "지금 권 젬마가 영신수련 중이지." 하며 가끔 기억해 줄 것이다. 나는 여기 홀로 예수님 앞에 앉아 있다.

아빠가 침대에 누워 있다. 나는 조금 떨어진 침대에서 자고 있다. 작은아들은 거실에서 자고 있다. 큰아들 부부는 집으로 갔다. 아빠 곁에 함께 있지만 언제 어느 시간에 돌아가실지 모른 채, 또 어떤 힘든 중에 있는지 살피지 못한 채 우리는 깨어 있지도 못하고 또 멀리 가 있다.

예수님은 "내 마음이 괴로워 죽을 지경이다.", "아버지 뜻대로 하소서." 하고 기도하신다. 그러시면서 자고 있는 제자들에게 화 한 번 안 내시고 "깨어 기도하라."고 타이르시며 당신의 길을 가신다.

내가 가까이 바위에 앉아 있다. 야고보같이. "이제 어떻게 될까?" 잠결 중에 떠오르는 생각이다. 그래도 당신을 따른다고 따라다녔는데, 이제 어떻게 살아야 하지? 예수님이 정말 돌아가시면? 예수님의 사랑하는 마음을 생각하기보다 자기 생각과 걱정이 앞선다. 그런데 주님은 그 제자들을 너무나 사랑하셔서 당신의 살과 피를 주고 가셨다. 그 사랑의 삶을 따르고 싶다.

이제 80년의 세월이 지나 마무리를 하고 있는 지금. 지금이라도 늦지 않으니 "저를 깨워주소서." 하고 말씀드리니 미소 띠시며 "지금이라도 내 마음을 조금이나마 이해하려고 애쓰니 고맙다." 하신다. 정신이 바짝 든다. 지금이 가장 젊은 날, 이날들을 달라고 청하며 따라가자. 그 사랑의 행적을 기쁘게 감사하며 따르자.

푹 잠겨 기도하기보다 "신부님께 어떻게 말씀드리지."가 스친다. 정신 차려라, 젬마! 식사 후 Soul Forest를 산책하고 9시 30분에 면담을 갖는다. 누군가 힘들게 고심하여 만들어 놓지 않았다면 그리고 수많은 사람들이 이 길을 걸어가며 자국을 만들지 않았다면 나는 지금 이 길을 명상하며 걷지 못했으리라. 이냐시오 성인이 수련 방법을 생각하고 써 놓고 훈련시키지 않았다면 그리고 몇 백 년 동안 후계자들이 수련을 하며 다듬어 놓지 않았다면 나는 이 영신수련을 못 했을 것이다. 이 구불구불한 영혼의 숲 산책길을 걷지 못 했을 것이다. 항상 잘 들어 주고 공감하고 격려해 주시는 이승훈 신부님께 감사를 보낸다.

11시 미사와 함께 강론을 듣는다. 예수님은 왜 마구간에서 태어나셨을까? 십자가와 어떻게 연관되어 있을까? 마구간은 소가 먹이를 먹고 똥을 싸는 곳이다. 쇠죽을 쑤어서 줄 때는 볏짚을 잘라 거기에 겨와 곡식 부스러기, 물을 넣어 푹 끓여 만든다. 그러니까 소의 먹이는 쇠죽을 먹든 그냥 풀을 먹든 생명을 먹는 것이다. 이것이 소화되어 배설물로 나온다. 그리고 풀들과 배설물이 섞이고 발효되어 거름이 된다. 이 거름이 다시 밭으로 가 모든 농작물의 비료가 되고 생명을 자라게 해 먹거리가 된다. 순환작용이다. 마구간은 생명의 시작인 곳이며 생명체가 죽는 곳은 십자가이다. 생명의

원천인 예수님, 돌아가시고 부활하시어 우리를 영원한 생명으로 이끄시는 분. 시작은 마구간이었다. 영원한 생명의 시작이다.

점심 후 산책 나갔는데 박종구 신부님을 만났다. 1시간가량 마가렛꽃을 바라보며 일상을 이야기했다. 십자가의 길을 지나 돌아와 한숨 잔다. 금요일 국 샘과 성대역에서 11시에 만나기로 하고 신부님이 연락하기로 했다. 오랜만에 산책길에서 침묵을 깼다. 다시 피정 끝날 때까지 침묵이다.

4시에 요한 13장 1-14절, 제자들의 발을 씻어 주심과 루카 22장 14-20절 최후의 만찬 말씀으로 본기도를 한다. 끝까지 사랑하신 예수님, 제자 한 사람 한 사람의 발을 씻어 주신다. 펄쩍 뛰는 베드로의 발을 씻어 주신다. 하필 왜 손이 아니라 발을 씻어 주셨을까?

남편 발을 씻어 주던 생각이 난다. 대야에 따뜻한 물을 담아 거실 소파에 앉아 있는 발 앞에 놓는다. 주위에 걸레를 깔아 놓고 나는 서서히 남편의 발을 문지른다. 손의 감촉이 좋다. 따뜻한 물을 통하여, 손과 발의 감촉을 통하여 따뜻한 마음이 흐른다. 그리고 내 손톱을 동원해 긁으면 때가 벗겨져 둥둥 뜬다. 자꾸 문지른다. 물을 한 번 바꾸어 씻고 수건으로 닦고 마무리한다. 백 번의 말보다 더 따뜻한 정이 오고감이다.

돌아가신 후 나도 내가 나의 발을 따뜻한 물에 담그고 닦아 준다. "걸어 다니느라 수고했다.", "아직도 걸을 수 있어 감사하다.", "내일도 부탁해." 하면서. 이런 기억을 떠올리면서 왜 하필 발을 닦아 주셨는지 이해하게 된다. 그리고 개운한 맘으로 빵을 나누고 포도주를 나눈다. 지금도 기억하며 행하는 의식, 새 계약의 표이다.

제자다움이 부족하고 누구를 더 사랑하는지 다투던 제자들은 예수님이 붙잡히시고 십자가에 못 박히실 때 다 도망가고 요한만이 어머니와 여인들과 함께 남아 있었다. 그래도 주님은 부족한 제자들로 하여금 교회를 세우고 이어가고 깨닫게 하고 각자의 그릇에 맞게 사용하신다. 여전히 힘들지만 앞으로도 계속 이어질 교회 공동체. 이것이 신앙의 신비이다. 신비이기 때문에 계속 이어지는 것이 아닐까? 그 안에서 끝까지 사랑하시는 예수님이 현존하시기에!

피정 일곱째 날 2024.6.5.

아침 6시 성당에서 본기도를 시작한다.

월요일 아침입니다. 미리 열어 놓은 문으로 아들이 들어옵니다. 주말에 못 본 아들이 "엄마." 하고 들어옵니다. "어서와. 잘 지냈어?" 하며 생기가 넘칩니다. 밥상이 차려집니다. 맛있게 먹는 것만 봐도 행복합니다. 월요일 아침, 이렇게 살아납니다.

그러나 아들의 십자가 죽음 이후 어머니는 힘든 며칠을 지냈습니다. 힘든 기억들이 꼬리를 물고 가슴을 후벼 팝니다. 십자가를 메고 가는 모습, 대신 져 주지 못하는 고통, 망치 소리 따라 손과 발에서 흘러나오는 피. 어둠이 계속되고 예수님은 죽었습니다. 십자가에서 내려진 시신을 가슴에 안았을 때 아직 따뜻한 듯하지만 가만히 안고 마무르는 것 뿐 어찌할 수 없었습니다. 그렇게 돌무덤에 묻고 입구를 큰 돌로 막아버렸습니다. 요한의 몸에 의지하여 돌아왔지만 멍하게 매일을 지냈습니다. 눈물도 나지 않습니다. 남편과 아들을 먼저 보낸 박완서 작가는 하느님을 원망하며 소리소리 지르며 울다가 지쳐 쓰러졌다고 글로 썼습니다. 차라리 그렇게라도 하고 싶습니다. 그러나 그것도 안 됩니다. 그냥 땅이 무너지듯 앉아 있는 게 다입니다.

다만 고맙게도 시간이 흐릅니다. 밤이 지나고 아침이 오는 지도 모르던 어느 날 아침, 아들이 "엄마." 하며 들어옵니다. 두 팔을 벌려 엄마를 안아 줍니다. 얼굴을 만져 봅니다. "내 아들 맞구나, 맞아." 갑자기 기운이 샘솟습니다. 되살아납니다. "밥 해줄까?" 엄마는 먹이는 게 아주 중요합니다. 맛있게 먹는 것만 봐도 세상을 다 얻은 듯합니다. 이제 어머니는 힘을 받아 제자들을 보살피시고 공동체를 형성하는데 구심점이 되십니다.

한편 따르던 스승이 가시고 나자 두 제자는 "어떻게 살까? 그래, 엠마오로 가자." 하며 길을 떠납니다. 그동안의 희망이 사라진 지금, "이제 우리는 무엇을 할 것인가? 고향으로 가면 그래도 힐 일이 있을까?" 하며 터덜터덜 침통한 표정으로 걸어갑니다. 예수님이 가까이 가시어 걸으십니다. 그동안 일어난 일들을 말합니다. "아, 어리석은 자들아." 하시며 성경에 당신에 대한 기록들을 설명해 주는데도 예수님을 알아보지 못합니다. 예수님이 함께 머뭅니다. 빵을 떼어 나누어 주실 때야 비로소 알아봅니다. 기억이 되살아납니다.

그러나 예수님은 이미 그 자리에 안 계십니다. 드시던 잔과 환한 빛만이 머물고 있습니다. 길에서 성경을 말씀하실 때 마음이 타오르던 생각이 납니다. 다시 예루살렘으로 돌아가는 길, 예수님이 살아나실 때 우리도 살아납니다. 희망과 용기가 넘칩니다. 제자들 따라 그 기억을 이야기하며 공동체의 일원이 됩니다. 할 일이 있습니다. 그 기억을 증언하는 일입니다.

호숫가에서 고기를 잡던 일곱 제자들에게 나타나셨지만 그들도 처음에는 알아보지 못합니다. 밤새도록 고기 한 마리 못 잡았습니다. 그러나 "그물을 오른쪽으로 던져라." 하시고 그대로 하니 '고기가 너무 많이' 걸리고 숯불에 물고기와 빵이 놓여 있고 "와서 아침을 먹어라." 하시니 그 과정에서 비로소 주님이신 줄을 깨닫습니다.

우리는 그리고 나는 주님이 멀리 계신 듯 느끼지 못하고 삽니다. 그러나 신부님은 "그를 의식적으로 기억하면 그가 살아나고 나도 살아난다." 그것이 부활이라고 말씀하십니다. 마리아 막달레나가, 엠마오로 가는 두 제자가, 일곱 제자가 처음에는 예수님을 알아보지 못하지만 예수님과 함께했던 기억이 다시 '함께'하게 합니다.

오늘도 밤부터 본기도를 준비하고 성당에서 기도하고 방으로 돌아와 기록하면서 감사기도를 드립니다. 이 피정을 통하여 저에게 가까이 오신 예수님께 감사드립니다. 지도해 주시는 신부님 감사합니다. 있는 듯 없는 듯 스쳐 지나가며 각자의 침묵과 기도에 충실한 모습들이 낯설지만 아름답습니다. 다시 나의 자리로 돌아갔을 때 이 기억을 되살려 조금씩 실행하며 사는 것이 나를 살리고 나의 주위 모든 사람들에게 빛이 되었으면 합니다. 이것이 얼마나 주실지 모르지만 남아 있는 여정의 발걸음이 되었으면 합니다. 오늘의 끝기도는 요한 16장 24절입니다. "청하여라. 받을 것이다. 그리하여 너희 기쁨이 충만해질 것이다."

11시 미사 강론을 듣는다. 마태 27장 30절 말씀 "그분께 침을 뱉고 갈대를 빼앗아 그분의 머리를 때렸다." 그 군사는 명령받은 것이 아니고 예수님께 특별한 원한이 있는 것도 아니다. 그런데 왜 때렸을까? 살면서 누군가로부터 받은 화나 마음의 상처가 쌓여 있기 때문일까? 이 화는 풀지 않으면 폭발한다. 그것도 약자에게, 자기에게 되갚지 못할 사람에게 화풀이해 화를 해소시키는 방법으로 살아간다. 그래서 이 사회에 여러 가지 이해하지 못할 악의 순환이 계속된다.

예수님도 이 세상으로부터 화를 받으셨지만 쌓아 놓지 않으셨다. 기도를 통해 하느님께서 풀어 주셔서 지상의 삶을 살 수 있으셨다. 그러므로 예수님은 화를 풀게 하시고 돌고 도는 독을 없애는 생명의 원천이시다.

점심 후 잠시 쉬고 루카 24장 36-49절 다락방 이야기를 묵상한다. 엠마오로 갔던 제자들이 돌아왔다. 길에서 겪은 일과 빵을 떼실 때 그분을 알아보게 된 사실을 이야기하고 있는데 "평화가 너희와 함께." 하시며 나타나셨다. 이런저런 뵌 이야기를 들어도 실제 나타나시니 유령을 본 것같이 당황하였다. 돌아가신 것이 생생한 기억으로 남아 있는데 놀라지 않을 수 없다. 손과 발을 보여 주고 먹을 것을 달라고 해 잡수시기도 하시며 바로 예수님임을, 부활하심을 확인시켜 주셨다.

이제 너희가 성령을 받아 나의 증인이 되어 선포하라 하신다. 자신감도, 확신도 없는 제자들은 아직도 갈 길이 멀다. 승천하신 예수님이 성령을 보내시어 계속 함께하시며 힘을 주실 것이다. 실천과 기다림이다. 계속적으로 살아나실 것이다.

피정 여덟째 날 2024.6.6.

사도행전 2장 1-13절 말씀이다. 거센 바람과 가득 채운 불꽃 모양의 혀들과 다른 언어들. 6시에 성당에 들어가 숨 고르기를 하며 앉아 있다. 미리 준비할 때 큰고모 돌아가실 때의 이야기가 생각나서인지 문래동 적산가옥에서의 서울 생활 시작이 떠올랐다.

큰고모는 근처 어느 방적 회사에 다니고 나보다 6살 위인 사촌 오빠는 미군부대에서 일하며 성균관대 야간 대학을 다니고 있었다고 기억한다. 나는 영등포 문래동에서 신촌 서강대로 밑에 동생이 숙대에 들어가 근처에서 자취할 때까지 버스를 타고 학교에 다녔다. 1년인지 2년인지 기억은 없다. 큰고모는 아들 하나 낳으시고 일본으로 가신 고모부가 연락이 없어서 고향 할머니 집에서 어린 시절을 함께 보냈다. 항상 우울했던 고모님의 얼굴이 생각난다. 큰삼촌, 작은삼촌, 언니, 오빠. 나이 차이는 좀 있지만 항상 티격 태격하던 것이 생각난다.

어느 때인가 오빠를 데리고 분가한 곳이 문래동이다. 드디어 서울에 갈 데가, 머물 데가 생긴 것이다. 방 하나에 세 식구가 살다 보니 하나 있는 책상에 앉아 공부할라치면 오빠가 "영순아, 제발 잠 좀 자자." 하던 생각이 난다. 그리고 고모와 나는 일요일이면 도림동성당에 다녔다. 둘이 걸어서 갔는데 좀 높은 곳에 있는 성당이다. 하나 남은 기억은 어느 날 영성체를 하는데 고모가 안 하고 앉아 계신 것이다. "몸이 더러워서. 월경 중이야." 하신다. 세상에! 고모님이 얼마나 고지식하고 철저하게 신앙생활을 하셨는지, 그 오랜 세월을 얼마나 힘들게 사셨는지 보여 주는 기억이다.

어느덧 나는 학교 근처에서 자취를 하고 고모님은 신촌 이대입구 개인 주택으로 이사를 가셨다. 큰삼촌, 5촌 고모 둘, 큰고모 이렇게 네 집이 옹기종기 모여 살았다. 전화도 없던 시절 어떻게 연락이 되었는지 고모가 돌아가시려고 한다고 해서 서강대에서 급히 갔다. 도착하니 이미 돌아가시고 큰삼촌, 오빠, 고모 두 분이 모여 있었다.

그런데 삼촌이 고모가 돌아가실 때 특별한 일이 있었다고 하며 말씀하신다. 돌아가시려고 하는데 갑자기 고모님 위로 불덩이가 빙글빙글 돌고 있더라는 것이다. 고모님만 성당에 다니고 계셨다. "고모님을 모셔 가려고 성령께서 오셨구나. 그 고지식하고 철저하신 고모님을 사랑하셨구나." 하는 생각이 그때부터 지금까지 기억의 창고에 남아 있다. 성령에 대한 나의 첫 기억이다.

역곡 성심 시절, 어느 날 일산 후곡성당 성령 세미나에 참석했다. 학교 사목실 신부님께 보고하였더니 혹시 다른 사람들이 이상한 언어를 말하고 그 상황이 본인한테 오지 않더라도 실망하지 말라는 것이었다. 나에게는 아무 일도 일어나지 않고 남의 일처럼 끝났던 기억이 난다. 그래서 성령의 은사는 특별한 사람들에게만 내리는 것이라고 생각했다.

퇴직 전 화실을 다니기 시작했다. 금요일과 토요일 이틀이다. 토요일 새벽미사가 없기 때문에 화실 가까운 후곡성당에서 10시 미사를 하고 화실에 가곤했다. 가면 바로 레슨이 시작된다. 그림 그리는 것에 대한 이야기도 하지만 사적인 이야기도 하게 된다. 그리고 샘이 내가 미사 끝나고 오는 것을 아니까 "오늘 강론 말씀은?" 하고 묻는다. 모태 신자여서 어릴 적에는 성당을 다녔지만 집을 떠난 후로는 오랫동안 냉담 중인 것으로 안다.

평상시에는 미사 끝나면 복음 말씀, 강론 말씀을 잊어버리게 되는데 샘에게 전해 주려고 서서히 주위를 기울이고 기억하려고 노력하게 되었다. 어느 날 화실로 걸어가며 "예수님, 저는 말을 잘 못해요. 어떻게 전달할지 모르겠어요. 지혜를 주세요." 하고 기도를 했다. 잘 몰라도 성령의 은사를 청하는 기도를 한 듯하다. 어느 날 샘이 "그런데 어떻게 그렇게 말씀을 잘하세요.", "네? 그렇구나. 내가 생각해도 나도 모르게 잘 전달하네." 하며 감사하기도 했다.

어느 토요일 평소처럼 미사 참례 중 영성체 모시고 자리로 돌아오다 보니 맨 뒤편에 샘이 앉아 있는 것이 아닌가! 미사 끝나고 보니 샘이 사라졌다. 급히 화실로 가 보니 거기에도 없다. 문자를 넣는다. "어디 계세요?", "네, 들어갑니다." 눈이 부어 있었다. 아무 말 없이 나와 다른 화우들의 레슨이 진행되었다. 끝나고 집에 가는데 샘이 "함께 걸어요." 하며 따라 나선다. 공원 길을 걸으며 말한다. "공원 숲 의자에 앉아서 울었어요." 그렇구나. 그럴 수 있지. 이렇게 해서 대화의 내용이 강론 말씀을 서로 나누고 그림 작업할 때의 마음 움직임도 나누는 감사의 나날이 흐르게 된다. "그래,

그림 그리는 시간이 기도의 시간이구나." 이 인연이 15년이 넘는 세월 동안 지속되고 있다.

나는 바람이 몹시 부는 날이나 비가 주룩주룩 오는 날은 베란다 창문을 열어 놓고 정발산과 아파트 주차장, 지나가는 사람들을 보며 앉아 있는 것을 좋아한다. 그래서 19층 높은 곳을 주셨나 보다. 남편을 간호하는 3년간의 돌봄생활에서도 성모상과 묵주가 놓여 있는 작은 탁자 앞의 의자가 나의 오래된 비밀 장소이다.

해가 뜨고 바람이 불고 비가 오고 번개도 치고 그리고 나무가 흔들리고 새들이 날아가는 것이 모두 성령의 빛이며 바람이라는 것을 미처 몰랐다. 그리고 이 모든 것이 매 순간의 부활인 줄을 몰랐다. 하루하루의 소소한 일에서 함께하심을 알아채지 못하고 일상이 그러려니 하며 스쳐 지나갔다. 그러나 이제는 성경을 통하여 매 순간마다 부활을 살자. "그를 의식적으로 기억하면 그가 살아나고 나도 살아난다."는 말씀처럼 이제는 내게 주실 나머지 여정을 성령의 현존 속에 살자. 작지만 아주 중요한 숨 쉬기부터 기억하며 감사하게 살자. 충만하게 느껴지는 기쁨에 감사드린다.

8시 40부터 9시 10분 수도원 왼쪽 산을 산책하고 9시 30분 마지막 면담을 한다. 11시 마지막 미사가 시작된다. 아브라함과 세 천사의 대화, 소돔과 고모라의 멸망 말씀이다. 의인이 없어서 하느님께서 멸망시키신 것이 아니라 스스로 멸망한 것이다. 그러나 한 사람의 의인으로도 멸망되지 않을 수 있다. 많은 공동체, 학교, 나라, 수도회, 가정 등등 한 사람의 힘으로 다시 일어설 수 있다. 다시 세상에 나가 그 한 사람이 되라고 하신다.

3시에서 3시 30분 총정리 기도를 한다. 내일 세상으로 나가 만날 사람들을 떠올린다. 큰아들 부부, 오늘 여행 중인 작은아들네 식구들, 자매들과 농장. 당장은 내일 박 신부님과 국 샘과 함께 산책과 점심을 할 것이다. 다시 일상으로 돌아간다.

그동안의 피정 과정을 훑어본다. 창조와 예수님의 강생에서 나타나는 하느님의 마음, 사랑이다. 그리고 예수님의 친구됨과 성모님의 마음, 교회, 성령의 바람과 불꽃, 이 모든 것을 간직하고 간다. 그러나 일상을 살다 보면 잃어버리기도 하지만 그 불씨가 남아서 필요할 때 살리실 것을 믿는다.

7시 나눔 모임에서는 무슨 이야기들이 오갈까? 피정한 이들은 8박 9일을 함께 세끼 식사하고 산책하다 마주치고 미사하고 강의 들어도 만난 게 아니라 스친 것이다. 처음으로 침묵을 깨고 서로에게 말을 할 것이다. 미리 준비할 것은 없을 것이다. 그때 분위기에 따라 자기소개, 피정 동기, 느낌, 앞으로의 삶의 방향 등을 나누지 않을까? 식사 전 산책과 묵주기도를 한다. 6시 식사 후 7시에서 8시 30분 신부님 말씀 듣고 무지개 색깔의 다양한 나눔을 한다. 특히 청주와 금촌에서 온 자매들의 나눔이 인상적이다.

피정 마지막 날 2024.6.7.

5시 일어나 방 정리를 한다. 호세아 11장 말씀을 듣는다. 이스라엘은 아이다. 하느님은 걸음마를 가르쳐 주고 안아 주었다. 젖먹이처럼 몰래 볼을 비비고 먹여 주었다. 사랑의 끈이고 사랑의 줄이다. 에페소서 3장은 은총, 그리스도의 풍요와 신비의 계획 선포이다. 내적 인간을 굳세게, 믿음과 사랑을 충만하게 하신다.

요한 19장 31-37절은 주님이 숨지심을 확인하려고 병사 하나가 창으로 그분의 옆구리를 찔렀다. 그러자 피와 물이 흘러나왔다. 성체성사와 세례성사가 이루어짐이다. "그의 뼈가 하나도 부러지지 않을 것이다. 그들은 자

함께한 피정 식구들 2024년 6월 6일

기들이 찌른 이를 바라볼 것이다."라는 성경 말씀이 이루어진 것이다. 믿는 이에게는 그 속에서 생명의 물이 강물처럼 흘러나오리라. 6시에서 30분 3층 기도방에 머문다.

"여기를 떠나기 전에 당신을 뵈러 갔습니다. 당신 옆구리에서 흐르는 피와 물이 저의 마음을 아프게 합니다. 그 군사는 왜 당신을 찔렀을까요? 당신은 왜 용서하시며 견디셨습니까?

고향집 엄마가 생각납니다. 딸 여섯을 낳고 할머니의 "고추다." 하며 얻은 아들, 당신의 자랑이며 기쁨이었습니다. 그러나 일생의 아픔이 되는 아픈 손가락이었습니다. 어려서 소아마비 때문에 여기저기 병원 다니며 항상 주물러 주시며 노심초사하는 당신의 마음이 느껴집니다. 그 정성 덕분에 커 가면서 크게 표시나지 않고 일상생활을 하였지만 모든 일들이 어긋나기만 했습니다.

어느덧 그 동생은 나의 아픈 손가락이 되었습니다. 그러나 제가 보살필 수 있는 것은 엄마 마음의 아주 작은 부분일 뿐입니다. 지금도 어떻게 지내고 있나 하고 동생을 생각하면 가슴 한구석이 짠하게 아파옵니다. 그러나 엄마의 그 사랑은 동생이 언제나 아픔을 딛고 일어나 믿음으로 버티며 살아가는 힘이 되어 주리라고 생각합니다. 각자 다른 길을 걷고 그 길을 충실히 가며 사랑받고 사랑하고 가는 삶의 여정. 오늘 새벽기도 중에 생각난 일곱째 동생을 기억해 주소서!"

7시 미사 후 단체 사진과 그룹별 사진을 찍는다. 방으로 돌아와 피정의 날들에 감사를 드린다.

"하느님 만족하십니까? 이 세상을 창조하시고 보시니 좋아 함께 살고 싶으셔서 예수님을 보내셨는데 '그래, 잘 보냈다', '좋다'하셨는지요? 인간들이 겪는 희로애락을 뛰어넘고 초월하는 많은 일과 고통을 겪으셨지요. 성령을 보내시어 당신을 사랑하고 따르는 그리고 따르려고 하는 사람들을 보니 좋으시지요? 당신께로 향하는 이 공동체에 끼어 예수님 마음을 이해하고 사랑하고 하루하루 사는 이 여정이 좋습니다. 바라봐 주시고 함께해 주셔서 기쁘게 집에 갑니다."

영신수련 피정 후에 2024.6.8.

영신수련 피정 끝나고 집으로 돌아와 10시 30분에 침대에 누웠는데 지금은 2시 30분이다. 세상에! 푹 자고 깼다. 일어나지 않고 그냥 누워 있다. 평안하다. 누운 채 피정의 집으로 다시 가 마가렛꽃길을 산책한다. 큰 십자가 밑에 아기, 아니 좀 더 커지신 예수님이 온 세상을 품에 안은 듯한 표정으로 누워 잠들어 계신다. 나는 의자에 앉는다. 눈을 감고. 어느새 예수님 곁에 가 눕는다. 예수님 곁에서 뒹굴뒹굴한 시간이 흐른다. 많은 기억들이 흐른다. 그러다 사라진다.

얼마나 누웠을까? 일어나 앉는다. 환하다. 비가 그쳤다. 이렇게 긴 시간, 3시간을 누워서 상상 속에서의 피정의 집 산책 시간이 끝났다.

이제 집이다. 뒷마을 계곡을 산책해 볼까? 삶의 자리인 마트에 가서 바나나, 두부, 키위, 우유를 사야겠다. 일상을 살자. 그리고 쉼이 필요하면 마음속의 마가렛꽃길을 걸으며 예수님을 바라보고 곁에 눕기도 하며 쉬자. 나에게 숨을 불어 넣어 주신다. "이제 또 살아라!"

어느 봄날, 몇 달째 인물을 그리며 앉아 있는 나를 본다. "새로운 봄이 왔는데, 봄꽃들이 피었는데 함께해야 하지 않나?"

자매들과 함께 고향 길을 걷는다. 정겨운 개울가, 익숙한 마을 풍경, 반가운 사람들을 만난다. 눈에 띄는 꽃들을 사진 찍는다, 그린다, 또 사진으로 보내 준 꽃들과 검색한 매화와 명자꽃도 그린다. 이렇게 세 번째 찾아온 봄을 맞는다.

공원을 산책하다 보면 나의 미소가 저절로 떠오른다. 30여 년을 살고 있는 집 주변의 공원에서 만나는 사람들이 고맙고 소중하다. 공원 숲길을 거니는 노부부, 뛰며 운동하는 젊은이, 놀이터에서 노는 아이들, 유모차에서 웃고 있는 아기들. 그들의 모습이 모두 아름답다.

오늘도 아침이 밝아 온다. 환한 햇살이 반갑다. 책 읽고, 그리고 싶은 것 그리고, 가끔 피아노를 띵동거리고, 오늘은 어떤 깜짝 만남을 주실까 기대도 한다. 아직 살아 있으니까!

그러나 가장 좋은 것은 홀로 조용히 지내며 그분과 함께하는 것, 그 믿음과 희망이 나의 여정을 든든하게 해 주심에 감사하는 것. 이렇게 홀로, 그리고 함께 지낸다.

2025년 8월 28일 새벽에

명자꽃 3F oil on canvas 2025

매화 3F oil on canvas 2025

사랑초 3F oil on canvas 2025

치자꽃 3F oil on canvas 2025

홀로, 그리고 함께

초판 1쇄 발행 ㅣ 2026년 1월 5일

글 · 그림 ㅣ 권영순
펴낸이 ㅣ 이재호

책임편집 ㅣ 이필태
그림촬영 ㅣ 노정환
교정교열 ㅣ 이충미

펴낸곳 ㅣ 리북(LeeBook)
등　록 ㅣ 1995년 12월 21일 제2014-000050호
주　소 ㅣ 경기도 파주시 회동길 50, 4층(문발동)
전　화 ㅣ 031-955-6435
팩　스 ㅣ 031-955-6437
홈페이지 ㅣ www.leebook.com

정　가 ㅣ 20,000원

ISBN ㅣ 978-89-97496-79-2